es 1694

edition suhrkamp

Neue Folge Band 694

J. Bernlef gehört zu den vielseitigsten Autoren niederländischer Gegenwartsliteratur. In seiner Prosa, die sich ebenso wie seine Lyrik durch einen nüchternen und realistisch-distanzierten Ton auszeichnet, stellt Bernlef in erster Linie erfahrene Wirklichkeit dar. Und zwar in der Absicht, die dieser Wirklichkeit zugrundeliegenden Mechanismen aufzudecken.

Das gilt auch für den Roman *Zwischen Eisbergen*: Hier reist ein dänischer Jurist im Regierungsauftrag nach Grönland, um dort die Umstände eines Ritualmordes zu untersuchen. Dieser wurde – an einer kranken Verwandten – von einem Grönländer verübt, der dann im Gefängnis seinem Leben ein Ende machte. Der Prozeß wegen dieses Vorgangs hatte nämlich gezeigt, daß westliche Schuldvorstellungen nicht in der Lage sind, die Situation zu erfassen. Der Jurist Jakob Olsen vertieft sich in den Fall, sieht sich mit zwei Wirklichkeiten konfrontiert, muß allerdings den Blick in die zweite Wirklichkeit mit dem Leben bezahlen. Anteilnahme und Beobachtung charakterisieren diesen Roman, der ein verheerendes Bild der industriellen Zerstörung von bis dahin unberührter Natur und autochthoner Kultur vermittelt. Er enthält keine Antworten auf die Fragen nach dem ›Wozu‹ oder dem ›Weshalb‹, denn Rätsel werden in diesem Buch nicht gelöst.

J. Bernlef

Zwischen Eisbergen

Roman

Aus dem Niederländischen von
Helga van Beuningen

*Mit einem Nachwort von
Carel ter Haar*

Suhrkamp

Titel der Originalausgabe:
Onder ijsbergen

edition suhrkamp 1694
Neue Folge Band 694
Erste Auflage 1993

Deutsche Erstausgabe

Satz: Leingärtner, Nabburg
Druck: Nomos Verlagsgesellschaft, Baden-Baden
Umschlagentwurf: Willy Fleckhaus
Printed in Germany

1 2 3 4 5 6 – 98 97 96 95 94 93

Klein sind die Strände
  an kleinen Seen.
Klein ist der Menschen Geist;
  nicht alle Menschen

sind gleich vernünftig:
Die ganze Menschheit ist halb.

Mittwoch, 2. Juli 1975

1

Jakob Olsen erschrak. Wer hatte dieses Foto gemacht? Wo und wann? Er hielt die Tageszeitung *Politiken* in den Händen, die eine Stewardeß ihm kurz vor dem Start in Kastrup gereicht hatte.

Ein wehmütiger, etwas verhaltener Blick. Für einen Richter vielleicht eine etwas zu niedrige Stirn. Aus Kinn und Wangenknochen sprach jedoch Entschlossenheit. Jakob Olsen, frontal aufgenommen, den Blick auf etwas gerichtet, an das er sich nicht mehr erinnerte. Kein blasser Schimmer. Daher war es ihm einen Moment lang so vorgekommen, als habe das Gesicht auf dem Foto lediglich eine täuschende Ähnlichkeit mit dem seinen.

Er war erschrocken, doch fast unmittelbar danach entspannte sich sein Gesicht wieder, als bemühe er sich nach Kräften, dem Foto in der Zeitung ähnlich zu sehen. Ein kaum merkliches Hochziehen der Mundwinkel. Einer, der die Welt wohlwollend auf Distanz hielt. Ein Beobachter. Seine Lippen bewegten sich. Das taten sie immer, wenn er las, unbewußt.

Kopenhagen, 2. Juli. Von unserem Mitarbeiter.

Heute reist Jakob Olsen, Mitglied des Obersten Gerichtshofes, als Beobachter nach Grönland, um dort die Möglichkeiten zu einer posthumen Rehabilitierung des 1973 wegen Mordes an seiner Großmutter zu sieben Jahren Gefängnis verurteilten Jón Eira zu untersuchen. Eira saß nur zwei Jahre seiner Strafe im Staatsgefängnis von Kolding ab. Im April 1975 erhängte er sich in seiner Zelle. (Fortsetzung auf Seite 3)

Jakob Olsen blätterte um. Mit einem Seitenblick registrierte er, daß die Rückseite seines Bildes mit einem Bericht über die Flurbereinigung auf der Insel Fünen bedruckt war. Dann las er weiter.

Der Mord kam Anfang 1973 während einer Volkszählungskontrolle an der Westküste Grönlands ans Tageslicht. Der 28jährige Jón Eira brachte seine geisteskranke Großmutter Karin Esbjerg in dem Glauben um, sie sei von einem bösen Geist besessen. Im Verlauf des Prozesses, im August 1973, kam es im Gericht von Godthåb zu einem Konflikt. Die Siedlung, zu der Jón Eira gehörte, betrachtete sich in ihrer Gesamtheit verantwortlich für den Tod der alten Frau. Durch ihren Verteidiger beantragten die Bewohner eine Kollektivstrafe, da sie kollektiv zu dem Entschluß gekommen seien, die von einem »angagók« (böser Geist – Red.) *besessene Frau zu töten. Das Gericht von Godthåb setzte sich über diesen Einspruch hinweg. Auch als der Fall 1974 vor dem Obersten Gerichtshof in Kopenhagen erneut verhandelt wurde, gingen die Richter nicht auf den Antrag ein, der, wie es in der Urteilsbegründung hieß, nicht mit dem dänischen Strafrecht vereinbar sei.*

Der Fall Eira bewegte vor zwei Jahren die Gemüter. Es wurde sogar ein Komitee gegründet, das Komitee Rettet Jón Eira. *Der Vorsitzende des Komitees, Rechtsanwalt Owe Rann, argumentierte, der Grönländer sei das Opfer zweier kollidierender Rechtssysteme, zweier unterschiedlicher Kulturen geworden. Anfragen im Parlament führten zunächst lediglich zu vagen Zusagen von seiten des Justizministeriums, den Fall neu zu untersuchen. Erst als bekannt wurde, daß Eira sich das Leben genommen hatte, wurde Jakob Olsen – der einzige Richter des Obersten Gerichtshofes, der krankheitsbedingt nicht am Prozeß gegen Jón Eira beteiligt gewesen war – beauftragt, den Fall als Beobachter vor Ort neu zu untersuchen.*

Das Komitee Rettet Jón Eira *existiert nicht mehr, aber auf Anfrage teilte sein früherer Vorsitzender uns dazu mit: »Das kommt natürlich reichlich spät. In weiterem Rahmen kann Olsens Untersuchung dennoch von Bedeutung sein. Es wäre ein Akt simpler Gerechtigkeit, wenn man zu dem Schluß käme, daß unsere Rechtsnormen lediglich für unsere westliche Gesellschaft, die von individueller Verantwortung ausgeht, Gültigkeit besitzen und daß Jón Eira das Opfer einer Form von dänischem Kulturimperialismus geworden ist, der in Grönland allmählich immer größere Formen annimmt.«*

Jakob Olsen faltete die Zeitung zusammen. Leichter Spott machte sich in seinen blaugrauen runden Augen bemerkbar. Verständnis ja, aber nie uneingeschränkter Glaube, sagten diese Augen.

Für Rechtsanwalt Rann war die Sache einfach. Kulturimperialismus, na ja. Jakob Olsen erinnerte sich, wie sehr sich sein Vater, als die Diskussion über den Fall Eira am heftigsten entbrannt war, über dieses Wort aufgeregt hatte. Mochte Ole Olsen auch schon dreiundneunzig sein, als ehemaliger Richter verfolgte er alle wichtigen Fälle dennoch sehr aufmerksam. Diesen Selbsthaß der Intellektuellen auf ihre eigene Kultur kenne ich noch aus den dreißiger Jahren, hatte er in seinem mit Zimmerlinden vollgestellten Wintergarten getönt. Es ist eine Flucht zurück. Und eine Flucht zurück ist immer eine Flucht in die falsche Richtung. Sonnenlicht durch zarte Blätter und die schmalen, geäderten Hände seines Vaters auf den Armlehnen eines zerschlissenen Korbstuhls. Ein diffuses grünes Licht, wie in einem Garten, in dem die Zeit stillstand.

Natürlich war es bei jemandem seines Alters zu erwarten, doch überraschend ist es schon, wenn es dann eintritt. Als er gestern abend zu seinem Vater kam, hatte man ihn in ein

Sauerstoffzelt gelegt. Ole konnte nicht mehr sprechen, erkannte ihn aber. Er hatte eine halbe Stunde an seinem Bett gesessen, seine Hand gehalten und gespürt, daß sein Vater nicht aufgeben wollte. Dreiundneunzig, und kein Gedanke an Aufgeben. Er starrte unentwegt auf einen Punkt an der Zimmerdecke, mit einem ganz intensiven Blick, als wolle er sich da ganz aufs Überleben konzentrieren. Der Arzt sagte, es hänge von seinem Herzen ab, wie lange es noch dauern werde. Er erwarte, daß Ole ins Koma falle. Schmerzen habe er nicht, sagte er. Ole schaute auf etwas, auch wenn er nicht sehen konnte, was es war. Und trotzdem war er abgereist. Trotzdem. Oder gerade deswegen?

Jakob Olsen warf einen Blick auf die geschlossene Wolkendecke unter ihnen, auf den im Sonnenlicht gleißenden Aluminiumflügel. Hinter sich im Flugzeug hörte er das Rumpeln eines Servierwagens. Er sah sich um, den Gang entlang. In der Maschine hatten rund hundert Personen Platz, aber es saßen nur fünf darin.

Mitten im Gang stand ein magerer, dunkler Mann, bekleidet mit schwarzer Kordsamthose und moosgrün leuchtendem Pullover. Er nahm einen weißen Plastikbecher von der Stewardeß entgegen, drehte ihn beifällig zwischen den Fingern und nickte dann Jakob Olsen freundlich zu.

»Herr Olsen, auch einen Whisky mit Eis?«

Jakob Olsen war zu verblüfft, um zu antworten. Bevor er wußte, wie ihm geschah, saß der Mann, der dänisch mit amerikanischem Akzent sprach, neben ihm und hatte auch Olsen einen Whisky in der Hand.

»Verzeihung«, begann Olsen und stellte den Becher auf das heruntergeklappte Resopaltischchen des leeren Sitzes auf der anderen Seite.

»Sie kennen mich nicht«, sagte der dunkelhaarige Mann und streckte die Hand aus, »aber ich habe Sie aus der Zeitung erkannt. Nick Morello.«

Auch Jakob Olsen nannte seinen Namen, obgleich er sich der Überflüssigkeit bewußt war. Aber ein Gespräch zwischen Fremden begann nun einmal so. Erst der Name, dann unverbindliche Worte und Floskeln; wie den Choke ziehen beim Auto.

Nick Morello war nicht der Typ des förmlichen Nordeuropäers. Nach zehn Minuten wußte Jakob Olsen, daß Morello New Yorker italienischer Abstammung war, von Beruf Musiker – Pianist –, seit vier Jahren in Dänemark lebte und sich jetzt, wie im vergangenen Jahr, auf dem Weg zum Hotel »Der weiße Falke« in Jakobshavn befand, um dort bis zum 1. August als Barpianist zu spielen.

»Das ist merkwürdig«, sagte Jakob Olsen. »Das ist mein Hotel.«

Diese Mitteilung entlockte dem Pianisten, der von der Seite gesehen mit dem einen scharfen braunen Auge, der kräftigen, etwas schiefen Nase und dem kerzengeraden Strich seiner schwarzen Augenbraue etwas Raubtierhaftes an sich hatte, ein erstauntes Zischen.

»Darauf müssen wir einen trinken«, sagte er und hob den Plastikbecher.

»Na gut, einen kleinen Schluck«, sagte Jakob Olsen.

»Das wird sich ändern, wenn Sie erst mal in Jakobshavn sind«, versicherte ihm Morello.

Die Stewardeß fragte, ob der Pianist den Lunch neben Jakob Olsen serviert haben wolle.

»Wenn Herr Olsen nichts dagegen hat?«

Das hatte Herr Olsen nicht.

»Ich heiße Nick«, sagte der Pianist.

Jakob Olsen streckte die Hand aus. Dafür war, mit den beiden Tabletts vor ihnen, zu wenig Platz. Ein Brötchen rollte auf den Gang. Morello bückte sich und hob es auf.

»Entschuldigung«, sagte Olsen. »Wir Skandinavier sind manchmal etwas zu förmlich. Ich heiße Jakob.«

»Die reinste Gedächtnisstörung, dieses Essen hier«, sagte Morello. »Keine Ahnung, was man in den Mund steckt. Happ, schluck, nix.«

Er hob die Hand und bestellte noch einen Whisky.

»Statt dieser Delikatessen«, sagte er zu dem Mädchen im kornblumenblauen Kostüm, das Jakob Olsen mit der Whiskyflasche in der Hand ansah. Der schüttelte den Kopf. »Ich habe noch«, sagte er.

»Ich wüßte gern, wo sie die machen«, sagte Morello.

Jakob Olsen verstand ihn nicht. Er sah den Pianisten, ein Stück Huhn auf die Plastikgabel gespießt, fragend an.

»Diese Stewardessen«, erklärte Morello. »Aus welcher Legebatterie die kommen.«

»Sie hat eine gewisse Ähnlichkeit mit einem Geschäftsstellenleiter bei Gericht«, sagte Olsen.

»Einer Geschäftsstellenleiterin also.«

»Nein, eine Frau nennen wir auch Geschäftsstellenleiter.«

Morello fragte, ob er sich eine Zigarette anzünden dürfe. Olsen nickte und versuchte, das Zellophan von einem trokken aussehenden Kuchen zu ziehen.

»Erzählen Sie mal«, sagte Olsen, während er weiter daran herumfummelte, »wie ist es da oben in Jakobshavn?«

»Nichts los. Ein paar Eskimos, ein paar Dänen. Das einzige, was sie gemeinsam haben, ist ihre Trunksucht. Darum dreht sich alles. Alkohol und Fisch.«

»Eine flüssige Angelegenheit also.«

Morello lachte. »Wollen Sie wirklich keinen mehr?«

»Nein, nein«, sagte Olsen. »Ich bin kein junger Mann mehr. Außerdem kann ich als Beobachter wohl kaum betrunken ankommen.«

»Ich glaube, ich mach mal ein Nickerchen«, sagte Morello. Er stellte das Tablett mit dem fast unberührten Lunch auf die Sitzfläche des Sessels auf der anderen Seite des Gangs und stand auf.

»Gute Idee«, sagte Jakob Olsen. »Ich glaube, ich werde Ihrem Beispiel folgen.«

Eine der Stewardessen rüttelte ihn vorsichtig an der Schulter wach. Er spürte, daß das Flugzeug bereits zur Landung angesetzt hatte. Er schob die Enden des Sicherheitsgurtes ineinander und sah hinaus. Der Flügel war in wirbelnden Wolkenmassen verschwunden. Einen Augenblick lang zog ein Stück der Eisdecke, die das Landesinnere bedeckte, unter ihnen vorbei, dann rollte die Maschine bereits auf der Landebahn von Søndre Strømfjord aus. Er hatte irgendwo gelesen, daß Grönland eine tiefe, mit Eis und Schnee gefüllte Schüssel sei. Dann rollten sie jetzt also am Rand entlang. Er stand auf und nahm seine Aktentasche und seinen Mantel aus dem Gepäckfach über dem Sitz.

Auf der ersten Sitzreihc lag ein auseinandergerutschter Zeitungsstapel. Er sah sein Gesicht, sechs-, siebenmal wiederholt. Er drehte den Kopf zur anderen Seite und gab der Stewardeß am Ausgang die Hand. An ihrem Blick erkannte er, daß das nicht üblich war. Ein erstaunter Blick. Und noch etwas. So blickte eine junge Frau einen Mann an, der ihr Vater hätte sein können. Leer und registrierend, ihn im Anschauen bereits vergessend.

Ein grauer Bus brachte Morello und ihn holpernd über die Betonplatten der Landebahn zum Hubschrauber. Andere Interessenten für Jakobshavn gab es offenbar nicht. Hier am Meer war der Himmel klar und blaßblau. Eine wäßrige Sonne. *Grønlandsfly* stand in weißen Lettern auf der kobaltblauen Sikorsky. Ein Mann in weißem Overall warf Kartons durch eine offene Luke hinein. Noch anderthalb Stunden, wußte Nick Morello. Neunzig Minuten Lärm, wettgemacht durch ein herrliches Panorama. Zumindest wenn die Sicht klar war.

2

»Eisberge!«

Nick Morello setzte sich wieder auf. Jakob Olsen nickte und lächelte schwach. Mit beiden Händen hielt er die schwarzlederne Aktentasche auf seinem Schoß umklammert.

Nick Morello lachte. »Sie werden noch mehr davon zu sehen bekommen, als Ihnen lieb ist«, rief er im Gedröhn der Rotorblätter. In den eisernen Schalensitzen waren Löcher, die man auch noch durch die Schaumgummikissen hindurch spürte. In der ganzen Maschine roch es durchdringend nach Öl.

Einen Augenblick lang hatte Jakob Olsen hinausgeschaut und den Schatten des Hubschraubers auf dem dunklen Wasser unter sich in zwei Teile zerbrechen sehen. Jetzt verstand er, wie das kam. Eisberge. Er ließ die Aktentasche los und schaute wieder durch das runde kleine Fenster nach unten.

Eine Kette weißleuchtender Eisberge, jeder von einem Saum aus noch weißerem Eis (oder war es Schaum?) umgeben, gemächlich auf eine hellorange Ferne zusteuernd.

Der Hubschrauber neigte sich jetzt nach links, und der Pilot beschleunigte.

»Die Küste«, sagte Morello. »Wenn es nicht zu neblig ist, sind wir in etwa fünf Minuten da.«

Plötzlich färbten sich die Eisberge unter Jakob Olsen bunt. Zwei türkisgrüne Berge mit einem kleineren, lindgrünen in der Mitte, über dessen felsige Form, wie ein Gürtel, ein torfbraunes Band lief. Und rings um ihn schaukelten, wie eine Eskorte, kleinere Berge, Schollen, glitzernde Eisblöcke, soweit das Auge reichte.

Nick Morello rief etwas, was er bei dem Lärm nicht verstand. Jakob Olsen sah auf die Armbanduhr. Halb sieben abends. Stundenlang befand er sich jetzt schon in demselben

Licht. Seine Digitaluhr zeigte Mittwoch, den zweiten Juli, an. Vor dem vierundzwanzigsten Juli würde sich diese tiefstehende bleiche Kugel hier nicht vom Fleck rühren.

Der Pilot ging in weiten Spiralen tiefer. Ein paar Kartons rutschten über den gerippten Eisenboden nach vorn. Wieder umklammerten Jakob Olsens Finger die Aktentasche. Er blickte starr vor sich.

Der Hubschrauber machte einen weiten Schwenk über die aschgrauen Berge, deren letzte Hänge von langen Furchen mit leuchtendweißem Schnee durchzogen waren. Jakob Olsen hörte das scharfe Näseln von Stimmen über den Bordfunk. Er seufzte. Er bewegte die Kiefer einige Male kräftig auf und ab, um das Rauschen in den Ohren loszuwerden. Sie gingen jetzt langsam und senkrecht nach unten. Dann setzte der Hubschrauber unsanft auf der Landebahn auf. Magere Grasbüschel am Rand des Betons wurden gegen den Boden gedrückt.

Er hatte erwartet, daß es jetzt totenstill werden würde, aber der Lärm der auslaufenden Rotorblätter wurde sofort von Motorradgeknatter abgelöst. Er sah hinaus. Aus einer Wellblechhalle fuhr ein feuerroter Gabelstapler langsam auf den Hubschrauber zu. Zwei junge Grönländer in Lederjakken drehten ihre silberblinkenden Motorräder auf. Hinter ihnen stand ein hellblauer hochrädriger Landrover.

»Der Hotelwagen«, sagte Nick. Die Motorradfahrer drehten laut hupend hintereinander Runden auf dem Asphalt vor der Halle.

»Die sind schon sturzbesoffen«, sagte Nick. »Heute ist der erste Mittwoch im Monat. Dann bekommen sie hier ihre Alkoholration.«

»Und ich hatte gedacht, hier wäre nichts los.«

»Sie haben aber auch ein Glück«, sagte Nick Morello, stand auf und angelte eine blaue Schultertasche aus dem Gepäckfach hinten im Hubschrauber.

3

Der Fahrer des Landrovers wurde von Nick Morello herzlich umarmt. Jakob Olsen bekam eine tabakbraune Hand entgegengestreckt, rauh wie Sandpapier. Als sie mit ihrem Gepäck auf der hohen, harten Rückbank saßen, sagte Morello: »Das ist Knut. Er hat auch getrunken, aber ein Landrover kann einen kleinen Rums vertragen.«

Sie fuhren über eine Asphaltstraße voller Löcher. Zu beiden Seiten standen Häuser in unterschiedlichen Baustadien, umgeben von Mischmaschinen, Stapeln numerierter Bretter und Papiersäcken mit Zement. An einem Eisengitter hing ein weißes Schild, auf dem in schwarzen Schablonenbuchstaben GTO stand.

»Alles hier gehört der GTO«, sagte Morello. »Oder der KGH. Das heißt also, dem dänischen Staat. In den Monaten, wo's geht, bauen die Sommermänner hier wie die Verrückten.«

»Die Sommermänner?«

»Da liegen ein paar.« Der Pianist deutete nach draußen. »Bauarbeiter aus Dänemark.«

Der Landrover war jetzt nach rechts gebogen und fuhr an einer Schule vorbei, wie Olsen an den Kinderzeichnungen erkannte, die an den Fenstern klebten. In dem Sandkasten auf dem Schulhof lagen zwei Männer in kanariengelben Arbeitsjacken breitbeinig auf dem Rücken und schliefen. An der Betoneinfassung standen etliche leere Flaschen.

Weit ausholend und laut hupend überholte Knut die beiden Motorradfahrer vom Flugplatz. Jakob Olsen warf einen kurzen Blick über die Schulter. Es war, als erriete Nick Morello seine Gedanken.

»Sie sehen alle gleich aus mit diesen platten Nasen und den breiten Kiefern. Nur Knut erkennt man immer, nicht wahr, Knut?« Er hieb dem Fahrer kräftig auf die Schulter.

»Schau mal in den Spiegel«, sagte er zu Olsen. »Diese Narbe auf seiner Wange. Auch die Folge von so einem ersten Mittwoch im Monat.«

Sie fuhren jetzt an Rasmussens Geburtshaus vorbei, das Olsen von Fotos her erkannte. Vor dem geteerten Zaun hatte jemand einen Turm aus goldfarbenen Bierdosen gebaut.

Die Straße, die nun abwärts führte, wurde noch schlechter, und als sie an einer grauen, gezackten Klippenreihe wie an einer Reihe steinerner Zuschauer vorbeigefahren waren, kam die Küste wieder in Sicht. Dort lag das Meer.

»Wir sind da«, sagte Morello.

Knut parkte den Landrover genau vor der Balustrade eines schneeweißen, aus Holz gebauten Hotels, ging schnell um das Auto herum und half Olsen mit dem Koffer. Morello stand bereits vor der Treppe zur Galerie, die er sportlich hinaufeilte. Mit seiner kornblumenblauen Tasche drückte er die Tür des »Weißen Falken« auf und ging hinein.

4

Am Empfangstresen in der Halle lagen ein paar Prospekte und ein Gästebuch. Dahinter hing ein schwarzes Schlüsselbrett. Knut hatte Olsens Koffer vor den Tresen gestellt und war dann verschwunden. Jakob Olsen legte seine Aktentasche auf den Koffer und sah sich um.

Wer hatte nur die Hotelhalle erfunden; dieses wesenlose Stelldichein von Fettpflanzen, Sesseln und gerahmten Bildern mit Feldblumensträußen, hier noch durch ein dänisches Fähnchen vervollständigt, das aus einem Blumentopf auf einer schmalen Fensterbank wuchs.

Hinter Pendeltüren war Gesang zu hören. Olsen hüstelte, und sofort wurden die Türen schwungvoll aufgestoßen. Ein kleiner, untersetzter Mann mit blanker Glatze trat ihm entgegen.

»Jan Bastiansen.« Er gab dem Hotelbesitzer die Hand. Der Mann erkundigte sich nach dem Verlauf der Reise. »Vorige Woche stand ein längerer Artikel über Jón Eira in unserer Zeitung«, fuhr er fort. »Und auch in unserem Radio brachten sie etwas über Ihr Kommen.« Olsen fiel auf, daß der Mann immer »unser« sagte.

»Ich bin ziemlich müde.«

Der Hotelbesitzer ging schnell hinter die Theke, nahm einen Schlüssel vom Brett und sagte: »Eintragen können Sie sich später.« Er klopfte leicht auf den schwarzen Folianten, ergriff Olsens Koffer und ging ihm voran durch einen mit einem Läufer ausgelegten Flur hinter der Halle.

Als Jan Bastiansen den Schlüssel zu Zimmer 21 umgedreht hatte und mit dem Koffer hineingehen wollte, sagte Jakob Olsen: »Lassen Sie nur. Ich finde mich schon zurecht. Wenn ich etwas brauche, dann klingle ich.«

Er sah sich um. Die Möbel, das Bett, die Wände, alles war Eiche natur, lackiert. Eine komfortable Blockhütte mit einem schwarzen Telefon und einer Bibel auf dem kleinen Tisch neben dem mit einer straffgezogenen ockerfarbenen Überdecke bedeckten Bett und an der Wand darüber die Reproduktion eines alten Stichs. Vor dem Fenster, das einen Blick auf die Diskobucht gewährte, stand ein Schreibtisch mit einem Armsessel.

Es schien, als werde ein gewaltiges Feuer hinter dem vorbeitreibenden Eisberg angefacht. Eine orangerote Glut schien links und rechts am Eisberg vorbei in breiten Kräuselungen auf das wogende Wasser. Er legte seine Aktentasche auf die Schreibunterlage, hob den Koffer auf die dafür bestimmte Ablage und steckte dann die Hände in die Taschen seines dunkelbraunen, pelzgefütterten Mantels, der zumindest heute viel zu warm war. Das Wetter war angenehm, wenngleich er sich an dieses gleichbleibende Licht gewöhnen mußte.

Er hängte den Mantel in den Kleiderschrank und setzte sich dann aufs Bett. Die Nachricht von seinem Kommen war ihm also bereits vorausgeeilt. Die Zeitung, das Radio, Pardon: unsere Zeitung, unser Radio. Er lächelte und dachte daran, wie er sich in das Hotelregister eintragen würde.

Jakob Olsen. Geboren: 23. 10. 1912. Wohnhaft in Kopenhagen. Beruf: Beobachter. In der Zeitung und im Radio wird es wohl Richter oder sogar Oberrichter des Obersten Gerichtshofs in Kopenhagen geheißen haben, aber er kam nicht hierher, um Recht zu sprechen. Er griff zum Telefon.

Es tat Jan Bastiansen leid, aber die Bar war heute abend geschlossen.

»Erster Mittwoch im Monat?« fragte Olsen.

Daß der Richter das wisse.

»Beobachter«, sagte Olsen. »Vergessen Sie das nicht. Ich bin hier nur als Beobachter.«

Eine Kleinigkeit zu essen könne Jan Bastiansen ihm aber bringen.

»In Ordnung«, sagte Olsen. »Und können Sie für mich ein Gespräch nach Kopenhagen anmelden?«

»Das dauert aber eine Weile.«

»Ich habe Zeit«, sagte Olsen und begann zu stottern, weil er seine eigene Telefonnummer plötzlich nicht mehr wußte.

»Einen Moment«, sagte er, ging zum Schreibtisch und zog sein Notizbuch aus der rasch geöffneten Aktentasche.

Jan Bastiansen entschuldigte sich für die zellophanverpackten Kräcker, die zwei Butterstückchen und die Ecke holländischen Käse. Auch der Kaffee sei nur Nescafé. Morgen sei es besser.

Am Schreibtisch sitzend, pulte Jakob Olsen sein karges

Mahl aus der Verpackung. Es bildete sich ein unordentlicher Haufen aus knisterndem Zellophan und Silberpapierfetzen. Kauend blickte er hinaus auf den zum Meer hin abfallenden Basaltboden und die vereinzelten Holzhäuser. Rostbraun, ocker, olivgrün oder marineblau. Jedes Haus ausgestattet mit weißem Dachrand und weißen Fensterrahmen und einer Veranda mit Geländerstäben und kleiner Treppe. Hinter den nun wieder blendendweißen Eisbergen sah er in der Ferne einen rostigen Trawler vorbeifahren.

Er stand auf und nahm den Hörer ab. Die Verbindung war glasklar. Ole war heute nacht gestorben. Es war alles andere als ein friedliches Ende gewesen. Bis zuletzt wollte er hoch, aus dem Bett raus. Er war immer unruhiger geworden. Keine Rede von Koma also. Mit offenem Mund und fest an das Herz gepreßten Händen war er nachts um Viertel nach drei in dem hohen Krankenhausbett, unter einem zerknitterten, durchsichtigen Sauerstoffzelt, gestorben.

Jakob Olsen schwieg.

»Bist du noch da?« fragte Inge. »Ich weiß, wie einsam du dich jetzt fühlen mußt«, sagte sie. »Trotz allem. Ich finde es gräßlich, daß ich nicht bei dir sein kann.«

»Gute Manieren allein helfen einem auf dem Totenbett auch nicht«, sagte er.

»Du hättest dieses Toben sehen müssen«, sagte Inge. »Dieses Ringen um Luft. Beängstigend. Wie geht's dir da?«

»Inge«, sagte er, »ist alles geregelt?«

»Du kennst mich doch.«

»Ja, ja ... Inge?«

»Ja?«

»Ich liebe dich.«

»Ich dich auch, Richter.«

»Beobachter.«

»Auch gut. Also: Beobachter.«

Ein Klicken und dann ein leises dürres Summen. Er legte auf.

Nachdem er ein Bad genommen hatte, trat er nackt ins Zimmer. Er betrachtete seinen Bauch, die verkalkten Nägel seiner großen Zehen. Ein Mann von dreiundsechzig, nackt bis auf die Armbanduhr. Er löste sie, legte sie neben das Telefon und schlüpfte ins Bett. Eine knochenharte Matratze. Er hatte auch nichts anderes erwartet. Er drehte sich auf die Seite, mit dem Rücken zum Licht, und schloß die Augen. Morgen begann seine Arbeit. Die Untersuchung.

Donnerstag, 3. Juli 1975

1

Er bestellte sich das Frühstück aufs Zimmer und ließ die Übergardinen geschlossen. Jan Bastiansen hatte recht, dieses Frühstück war vorzüglich. Es fehlte nicht einmal ein weichgekochtes Ei.

Bevor er um elf Uhr den Bürgermeister und den Polizeikommissar von Jakobshavn anhören würde, wollte er die Akte Eira noch einmal durchblättern. Er wollte sichergehen, daß er nachher alle Einzelheiten im Kopf hatte. Die Erfahrung hatte ihn gelehrt, gerade das Vorbringen eines Details – und zwar zum richtigen Zeitpunkt –, das von jedermann übersehen worden war, konnte neues Licht auf einen Fall werfen. Oder zumindest einen bis dahin felsenfesten Zeugen ins Wanken bringen. In seiner Eigenschaft als Beobachter ging es ihm schließlich darum, die Beobachtungen anderer auf ihre Richtigkeit hin zu überprüfen.

Er schob das Frühstückstablett beiseite und schlug die Akte auf.

Nachdem er eine Zeitlang gelesen hatte, murmelte er: »Dieser verdammte Tass.« Er erhob sich und zog die Gardinen auf. Zu seinem Erstaunen waren die großen flachen Felsen hinter dem Hotel mit einem Geflecht haarfeiner Schneelinien geädert. Die Steine sahen damit wie Landkarten aus, Landkarten von Inseln. Die Bucht hatte sich in einen milchigen, stehenden Nebel aufgelöst. Bei den Häusern zwischen den Felsen schnüffelten ein paar Schlittenhunde herum. Ihr Atem zog in dünnen Nebelschlieren dicht über den Boden.

Als Beobachter hatte Olsen mit einem Besuch bei Åke Tass begonnen, dem Standesbeamten, der hinter den Namen Karin Esbjerg im Frühjahr 1973 das Wort »ermordet« gesetzt hatte.

Åke Tass wohnte in Kopenhagen-Süd, in einer Etagenwohnung. An der Wand hing die Reproduktion eines Gemäldes von Edvard Munch. Eine Holzbrücke über einem wildströmenden Fluß. Åke Tass lebte dort allein. Sein eigener Eintrag im Standesregister wies ihn als neunundvierzigjährig aus.

Der Beamte war ein nervöser, beflissener Mann mit blitzblank geputzten Schuhen. Keiner, der sich auf dünnes Eis wagte.

»Ich habe es gründlich studiert, ihr Namengebungssystem«, sagte er. »Ich war von Anfang an dabei, von 1963 an, als wir anfingen, die Inuit-Bevölkerung auf Grönland zu erfassen.«

Åke Tass nannte die Grönländer Inuit und nicht Eskimos. Er erzählte voll Leidenschaft von seinen Reisen in die Siedlungen an der Westküste, von Gebißkarten und von der Bedeutung, die ein Name für die Inuit hatte.

»Ein Name ist für sie etwas ganz anderes als für uns«, sagte er. »Eine Art Scharnier zwischen den Lebenden und den Toten.«

Wenn jemand starb, hing sein Name gleichsam in der Luft und blieb tabu, bis ein Baby geboren wurde, das diesen Namen übernehmen konnte. So kehrte der Tote dann wieder zurück.

Jakob Olsen nickte. Es war ein schöner Frühlingstag, und er wäre lieber draußen spazierengegangen, als hier dem Beamten zuzuhören.

»Es spielt keine Rolle, ob es ein Junge oder ein Mädchen ist«, fuhr Tass fort. »Ein Mädchen kann auch der verstorbene Onkel sein. Oder ein Junge die tote Großmutter.«

»Merkwürdig«, fand Olsen.

»In den meisten Dörfern, in die ich kam, repräsentierte jeder Lebende etwa drei bis vier Tote desselben Namens.«

»Das muß ganz schön verwirrend sein für einen Standesbeamten«, meinte Jakob Olsen, während er zusah, wie sich der Zuckerwürfel in der vor ihm stehenden Kaffeetasse auflöste. Ein paar zerplatzende Luftbläschen, und dann nichts mehr.

»Ein unpraktikables System«, bestätigte der Beamte. »Darum haben wir jedem einen dänischen Namen gegeben, auch wenn sie untereinander weiter die alten Namen benutzen.«

Karin Esbjerg wurde Sagarssók genannt. Ob Åke Tass ihm erzählen könne, wie er dazu gekommen sei, hinter ihren Namen das Wort »ermordet« zu setzen?

»Weil Jón Eira mir das selbst so gesagt hat«, erwiderte der Beamte.

Wieder begann er sich des langen und des breiten über das Registrierungssystem auszulassen. Anfangs hätten die Inuit Geburten und Sterbefälle nicht gemeldet. Als aber zwischen 1969 und 1973 die meisten nach Jakobshavn gezogen seien, habe sich das sehr gebessert. Lücken habe es weiter gegeben, ein System sei nie völlig fehlerfrei: Ein paar Siedlungen hätten sich gehalten, die die Beamten schon selbst aufsuchen mußten. Dort lebten Menschen, die trotz des zurückgehenden Seehund- und Walroßfangs ihre bisherige Lebensweise nicht hätten aufgeben wollen. Eqe, mit dem Boot eine Dreiviertelstunde von Jakobshavn entfernt, sei eine von ihnen gewesen. Dort habe Jón Eira gelebt.

»Und der erzählte Ihnen: Ich habe meine Großmutter ermordet?«

Åke Tass schüttelte langsam den Kopf.

»So nicht. Mir fehlte die Frau auf meiner Liste. Nach und nach kam es heraus. Eira war einer der wenigen, der dänisch sprach. Er hatte ein paar Jahre auf einem Trawler gearbeitet.«

Jakob Olsen wurde ungeduldig. Er fand, der Beamte schweife zu sehr ab. Draußen schien die Sonne. Aber er ließ sich nichts anmerken. Als Beobachter mußte man Geduld zeigen, egal, wie schön das Wetter war.

»Wir würden sagen, daß die alte Frau den Verstand verloren hat«, erklärte der Beamte. »Manchmal lief sie auf allen vieren herum und biß nach den Kindern. Man beschloß, sie auf eine Insel zu schaffen.«

»Ich weiß«, sagte Olsen. »Und Eira brachte ihr täglich Essen. Und als sie aufhörte zu essen, faßte man den Beschluß, sie zu töten.«

»So einfach ist das nicht. Sagarssók hörte auf zu essen. Sie magerte ab und verwahrloste, aber das Essen war immer verschwunden.«

»Tiere«, sagte Jakob Olsen. »Vögel, vielleicht Füchse.«

»Oder der *angagók*, der in Sagarssók hauste«, sagte Åke Tass.

»In dem Fall aß sie also doch«, sagte der Beobachter.

Jón Eira fuhr zu der Insel. Er hatte ein Messer bei sich. So hatten die zweiundvierzig Menschen aus Eqe es beschlossen. Er schlitzte seiner Großmutter die Kehle auf, um den bösen Geist zu vertreiben. Er hatte sie unter Steinen begraben und das blutige Messer mit zurückgebracht, zum Zeichen, daß er den Körper geöffnet hatte.

»Und Sie schrieben trotzdem ›ermordet‹ hinter ihren Namen?«

»Was sonst?«

»Verstorben, zum Beispiel.«

Irritiert hatte Jakob Olsen auf den vorstehenden Adamsapfel am langen bleichen Hals des Beamten geschaut. Auch dessen schwarze Krawatte war zu einem viel zu verbissenen Knoten geschlungen.

»Ein Tatbestand ist nun einmal ein Tatbestand«, sagte Åke Tass, »ich hatte keine andere Wahl.«

Jakob Olsen schob die Finger ineinander und schwieg.

Und noch eins, hatte er zu Tass gesagt, mehr um ihn zu ärgern. Wie haltet ihr die Leute eigentlich auseinander? Woher wißt ihr, daß sie diejenigen sind, für die sie sich ausgeben? Habt ihr damals etwa Fingerabdrücke genommen?

Das hatte Tass für einen Moment verwirrt. Er war frischen Kaffee kochen gegangen und hatte mit der Kanne in der Hand geantwortet: Was hätten sie denn für ein Interesse daran, falsche Namen anzugeben? Keins natürlich, hatte Jakob Olsen geantwortet. Aber *ganz* sicher kann man natürlich nicht sein.

Im Flur, während er seinen Mantel anzog, hatte er den Beamten gefragt, was dieser von der Sache halte. Ich weiß nicht, hatte Tass geantwortet. Ich habe Jón Eira nicht verurteilt.

Und dieser Eira. Erinnere er sich noch daran, wie der aussah?

Kaum. Ziemlich klein und breit, aber so sahen die meisten aus.

Dieser blöde Tass. Phantasieloser Paragraphenreiter.

Jakob Olsen blätterte weiter.

Der Gefängnisdirektor von Kolding, Fred. A. Günther.

22. 12. 1974, 22.16 Uhr, Zelle A 23. Häftl. 23.30.507. Bei nächtlicher Kontrolle tot aufgefunden mit Bettriemen um Hals. Der Riemen war an einem der Zellenfenstergitter befestigt. Stuhl umgestoßen. Wahrheitsgemäß notiert. Gef.w. A. Glestrup.

Wieder mußte er lächeln, als er diese unnachahmliche Gefängniswärterprosa las. In seinem amtlichen Drang, die Tatsachen möglichst sachlich und korrekt wiederzugeben, hatte der Aufseher sich in dem Bericht selbst des Mordes bezichtigt. Auch Fred. Günther hatte darüber lachen müssen.

Nein, Jón Eira sei ein ganz normaler Häftling gewesen. Er habe in der Druckerei als Papierschneider gearbeitet, habe ferngesehen, gern Sport getrieben und allwöchentlich die Messe besucht.

Habe er manchmal Post bekommen?

Nein, das nicht.

Vielleicht sei das ein Grund gewesen?

Ich glaube, daß keiner der erwachsenen Bewohner von Eqe damals schon lesen und schreiben konnte, hatte Günther mit feinem Lächeln geantwortet.

Jakob Olsen erinnerte sich, daß er für einen Moment rot geworden war. Er hatte die Frage auf seinem Notizblock mit Nachdruck durchgestrichen.

2

Das Telefon läutete. Der Kommissar und der Bürgermeister. Jakob Olsen steckte die Akte in seine Tasche und zog den pelzgefütterten Mantel an.

In der Hotelhalle standen zwei Männer. Typische Dänen, wie auch er einer war, fand er. Ziemlich gedrungen und breit. Runde, leicht erstaunte Gesichter, dicke Tränensäcke unter den kleinen bohrenden Augen, ein rundes, schlaffes Kinn, das oft, wie im Fall von Bürgermeister Bjørn Pedersen, durch einen kleinen Bart dem Blick entzogen war. Der Kommissar, der in Zivil war, stellte sich als Oskar Jespersen vor.

Fast überall, wohin ich komme, bin ich jetzt der älteste, dachte Jakob Olsen, während er hinter den beiden Männern das Hotel verließ und auf einen hellgrauen Kombi mit Zierleisten aus braunem Furnier zuging.

Sie fuhren am Geburtshaus Rasmussens vorbei zum Büro des Bürgermeisters, der selbst am Steuer saß. Jakob Olsen hatte hinten neben dem Kommissar Platz genommen. Keiner sagte etwas. Er hatte sich bis zu diesem Augenblick eigentlich noch nicht gefragt, was man hier in Jakobshavn von seiner Untersuchung hielt.

Die Zahl der Häuser nahm jetzt rasch zu. Und es wurde tatsächlich überall gebaut. Immer wieder sah er Arbeiter mit gelben Sicherheitshelmen, Lastwagen und sich drehende Betonmischer. Die Bergwand warf das Dröhnen eines Preßluftbohrers zurück.

»Was ist das hier eigentlich für ein Gestein?« fragte er den Kommissar.

»Steinhart. Basalt, Granit, hier und da Quarz«, sagte der Polizeibeamte, ohne ihn anzusehen.

Die Erde dampfte. Schnee lag jetzt nur noch in den Bergspalten hoch über dem Dorf.

Er sah, daß alle Häuser durch hölzerne Abflußrinnen miteinander verbunden waren, die in Gabeln ruhten. Wenn der Wagen auf einem höher gelegenen Stück Straße fuhr, wirkte ganz Jakobshavn wie mit einem hölzernen Spinnennetz überzogen.

»Die Wasserleitung«, sagte der Kommissar jetzt ungefragt. »Eine andere Methode wäre unbezahlbar, aber bei Sturm gibt es einen Haufen Probleme.«

»Jedes Jahr Schäden in Höhe von fünfzigtausend Kronen«, ergänzte der Bürgermeister.

Der Kombi bog auf einen Platz mit einem Supermarkt, über dem in dicken, breiten Buchstaben KGH stand, und hielt vor einem Holzhaus, dem größten, das Jakob Olsen bisher in Jakobshavn gesehen hatte. Beige mit grasgrünen Fensterrahmen. Vor kurzem gestrichen.

»Das ist mein Büro und gleichzeitig meine Wohnung«, sagte der Bürgermeister.

Jakob Olsen verzog das Gesicht, als er aus dem Wagen stieg. Der Bürgermeister zeigte auf eine lange Fabrikhalle aus weißen Steinen mit einer Reihe kleiner vergitterter Fenster auf der gegenüberliegenden Straßenseite an einem breiten Betonkai. Vor der Kaimauer lagen Trawler und kleinere ziegelrote oder kanariengelbe Fischerboote vertäut. Die Schiffe sahen schmutzig und ungepflegt aus.

»Krabben. Das ist es, was Sie hier riechen«, sagte der Bürgermeister. »Nystrups Krabben. Sie sind in der ganzen Welt bekannt.«

Natürlich schmückte eine Karte von Grönland eine der Bürowände. Sie hängten ihre Mäntel über die Garderobenhaken an der Innenseite der Tür.

Jakob Olsen stand mit der Aktentasche unter dem Arm vor dem Doppelfenster und schaute hinaus. Vor der Krabbenfabrik fuhren zwei senfgelbe Gabelstapler mit Kartons zu einem Container.

»Krabben«, sagte der Bürgermeister, der sich neben ihn gestellt hatte und in seinem rötlichen Bart wühlte. »Vier Millionen Dosen zu je achtzig Gramm. Wahrscheinlich werden es dieses Jahr noch mehr.«

Jakob Olsen sah zur Seite, auf das freundliche Gesicht mit den kleinen glänzenden Augen. Bjørn Pedersen hatte sogar Grübchen in den Wangen. Der Bürgermeister schien ein zufriedener Mensch zu sein.

»Sind Sie in Jakobshavn geboren?« fragte Jakob Olsen.

»Mein Vater«, sagte der Bürgermeister.

Der Kommissar hatte sich in einen der schwarzledernen Sessel gesetzt, die um einen Glastisch im hinteren Teil des Raums standen, und blätterte in einer Zeitschrift. Zwischen den Schreibtischen am Fenster und den Sesseln lag ein farbenfroher schwedischer Teppich. Der Kommissar hatte einen kleinen beweglichen Mund. Er mußte als Jugendlicher Akne gehabt haben. Er mochte jetzt fünfundvierzig sein.

Bjørn Pedersen und Jakob Olsen setzten sich auch an den Tisch. Der Bürgermeister hatte, wie er sagte, mit der Sache an sich nie etwas zu tun gehabt, aber sie hatte sich in seinem Bezirk abgespielt, und formell war er natürlich Jespersens Vorgesetzter.

Jakob Olsen legte die Aktentasche auf den Tisch, schob seine leichtbehaarten Finger ineinander und starrte kurz auf die farblosen Füße eines der Holzschreibtische vor dem Fenster.

»Ich habe mir gerade überlegt«, sagte er. »Wo ich nun schon mal hier bin. Wie stehen Sie eigentlich zu dieser Untersuchung?«

»Sie scheint uns schon nützlich zu sein«, sagte der Bürgermeister.

Olsen sah ihn an. Die blaßblauen Augen des Bürgermeisters starrten an ihm vorbei. Der Kommissar fixierte die Spitzen seiner schwarzen Stiefel.

»Schon nützlich also«, wiederholte Olsen.

Die Männer nickten.

»Warum eigentlich?«

»Schwer zu sagen«, meinte Oskar Jespersen. Er trug ein marineblaues Hemd. In der Brusttasche steckten drei Kugelschreiber; ein schwarzer, ein roter und ein grüner. »Eqe existiert nicht mehr«, sagte er. »Im vorigen Jahr sind die letzten Bewohner weggezogen.«

»Hat das etwas mit dem Fall Eira zu tun?« fragte Olsen.

»Nein«, sagte der Bürgermeister. »Nichts, aber alles mit Temperaturveränderungen. Das Wasser ist in den letzten fünf Jahren ein Grad Celsius wärmer geworden.«

»Ich wußte nicht, daß das so eng miteinander zusammenhängt«, sagte Olsen.

Der Bürgermeister nickte. Das tat es.

»Wir hoffen, daß das Wasser nicht noch wärmer wird, denn dann gehen unsere Garnelengründe in der Diskobucht auch kaputt. Fast alle Bewohner von Eqe arbeiten mittlerweile in der Krabbenfabrik. Oder auf See. Eqe ist verlassen, aber sie selbst sind ein Dorf geblieben, ein Dorf von Jägern, die nicht mehr jagen.«

»Manchmal gibt es Abende, bei einem von ihnen zu Hause, da machen sie richtig Randale«, sagte Oskar Jespersen. »Dann holen sie ein Foto von Jón Eira hervor, gehen auf die Straße und schwenken es. Sie singen und schreien, und manchmal schlagen sie etwas kaputt. Eine Schaufensterscheibe. Ein Auto. Alles recht harmlos, aber irgendwo gärt es doch. Irgend etwas ist hängengeblieben.«

»Haben Sie sie je gefragt?« fragte Olsen.

»O ja«, sagte Pedersen. »Wir haben eine ausgezeichnete Dolmetscherin, Lina Krog. Sie wird Ihnen auch zur Verfügung stehen. Aber selbst sie ist nie ganz dahintergekommen. Meistens sind sie außerdem schon betrunken, wenn dieser Zirkus mit den Bildern beginnt.«

»Bildern?« sagte Olsen. »Eben war es doch nur eins.«

»Sie bringen sie von zu Hause mit«, erläuterte der Kommissar.

Der Bürgermeister stand auf und nahm eine Visitenkarte von seinem Schreibtisch. »Entschuldigen Sie, aber ich habe noch viel zu tun«, sagte er zu Olsen. »Rufen Sie mich mal an, dann verabreden wir uns zum Essen. Meine Frau würde sich sehr freuen. Jemand aus dem Mutterland, nicht wahr?«

»Das werde ich tun«, sagte Olsen und steckte die Karte ein.

Bürgermeister Pedersen nahm eine Plastikmappe von seinem Schreibtisch.

»Oskar, du kümmerst dich um den Kontakt mit Fräulein Krog?«

Der Kommissar brummte. Er machte einen etwas angespannten, nervösen Eindruck. Er fühlte sich in diesem Büro sichtlich nicht wohl. Deshalb sagte Olsen: »Können wir nicht irgendwo eine Tasse Kaffee trinken? So offiziell muß es nun auch wieder nicht sein. Schließlich ist es keine gerichtliche Untersuchung.«

Oskar Jespersen stand sofort auf und ging zu seinem Mantel. Unter den kamelfarbenen Hosenbeinen vermutete Olsen sehr kräftige Beine.

3

Sie saßen vor den großen Fenstern der Konditorei über dem KGH-Supermarkt an dem Platz, der Butikstorv hieß, Ladenplatz also. Schräg gegenüber lag das Postamt mit seinen drei gelben Briefkästen und einem vergoldeten Wappen am Giebel, darunter ein Flaggenstock. Außerdem gab es noch einen Laden für Schiffszubehör, in dem auch Tabakwaren verkauft wurden, und eine Apotheke mit einem Schaufenster voller Kunstblumensträuße.

Aus einem verdeckten Lautsprecher in der Konditorei erklang gedämpfte Geigenmusik. Olsen hatte seinen Notizblock hervorgeholt und merkte jetzt, daß er seinen Stift vergessen hatte. Er deutete auf Jespersens Brusttasche.

»Darf ich so frei sein?« sagte er und wählte den schwarzen Kugelschreiber. »Erzählen Sie mal genau, wie alles vor sich ging.«

Jespersen starrte stur auf die Akte auf dem Tisch.

»Ich weiß, daß da alles drin steht«, sagte Jakob Olsen, »aber als Beobachter muß ich möglichst alles noch einmal, aus dem Mund der Betroffenen, hören.« Er machte eine kurze Pause und fügte dann hinzu: »Manchmal gibt es kleine signifikante Abweichungen.« Er merkte, daß der Kommissar das Wort signifikant nicht kannte.

Oskar Jespersen rührte in seinem Kaffee. Ein Erzähler war er nicht. Jakob Olsen redete mehr als Jespersen, der auf alle ausführlichen Fragen äußerst knappe Antworten gab.

Die Festnahme.

»Es war, als hätten sie mich in Eqe erwartet«, sagte der Kommissar. Eira habe am Strand gestanden. Die anderen ein Stück dahinter, auf einem großen, flachen Felsen, die Hunde bellend im Kreis um sie.

»Sie hatten Ihr Boot natürlich kommen sehen«, mutmaßte Olsen.

»Kann sein«, antwortete Jespersen.

»Und wie ging es dann weiter?«

»Er kam mit. Sagte nichts. Er las den Haftbefehl, faltete ihn zweimal und gab ihn mir zurück. Dann sah er zu den Hütten am Strand und begann leise in der Inuit-Sprache zu singen.«

»Und dann?«

»Ganz normal«, sagte der Kommissar und nahm einen Schluck Kaffee. »Er ging ganz normal mit. Saß nur da. Meine Frau kochte. Ein Stück Lachs, Kartoffeln und Dill. Lecker. Wir sahen fern. Und dann gingen wir zu Bett. Eira schlief im Zimmer meines Sohnes.«

»Hatten Sie keine Angst, daß er weglaufen könnte?«

»Nein«, sagte der Kommissar. »Ich fragte ihn, und da sagte er: ›Das Karibu sucht den Jäger.‹ Das habe ich nie vergessen. Gerade weil ich es nicht verstand, habe ich ihm vertraut.«

Olsen schrieb diese Äußerung Jón Eiras, die nirgendwo in der Akte vorkam, auf. »Das Karibu sucht den Jäger.«

»Fatalismus?« fragte er.

»Das glaube ich nicht«, sagte Jespersen. »Am nächsten Tag auf dem Boot nach Godthåb war er sehr guter Laune. Er sang Lieder, und die Besatzung sang mit.«

»Welche Lieder?«

»Ich kannte sie nicht. Es waren Inuit-Lieder«, sagte der Polizeibeamte. In Godthåb habe ein Inspektor – dort gebe es zwei Inspektoren – ihn am Kai übernommen. Danach habe er ihn nie mehr gesehen.

Olsen legte den Kugelschreiber auf den Tisch.

»Welchen Eindruck hatten Sie von Eira?« fragte er. »Was für eine Art Mensch war er, meine ich.«

»Das weiß ich nicht«, sagte Jespersen. »Das weiß man bei einem Grönländer nie. Es ist wie bei dieser Sache mit den Fotos. Manchmal kommt etwas an die Oberfläche. Wenn sie betrunken sind. Aber ansonsten sind sie ein Buch mit sieben Siegeln für uns. Als ob sie aus einer anderen Welt kämen.«

»Verstehe«, sagte Olsen.

»Fräulein Krog kann Ihnen mehr darüber erzählen«, sagte der Kommissar.

»Fräulein Krog?«

»Unsere Dolmetscherin.«

»Ach ja.«

Jakob Olsen packte seine Tasche ein.

»Mein Kugelschreiber.«

»Entschuldigen Sie bitte«, sagte Olsen. »Reine Gedankenlosigkeit. Stellen Sie sich vor, einen Kommissar zu bestehlen!«

Sie lachten und erhoben sich gleichzeitig.

»Wir müssen zur alten Lagerhalle der KGH«, sagte Jespersen. »Da probt sie.«

»Für eine Musikaufführung?« fragte Olsen.

Der Kommissar lachte. Nein, sie leite die Laienspielgruppe.

Aber ihr Beruf sei Dolmetscherin?

»Ja«, sagte Jespersen. »Wenn es sich ergibt. Früher war sie hier Lehrerin.«

4

Die ziegelrote Lagerhalle, mit einer langen Reihe schneeweißer Hebebalken unter dem Dachrand, lag an dem alten kleinen Hafen, in dem jetzt nur noch ein paar kleinere Fischerboote an den Duckdalben längs des Kais dümpelten.

Jespersen drückte die schwere Tür zur Lagerhalle auf. Sie gingen durch einen hohen, muffig riechenden Gang. An seinem Ende stand eine Eisentür mit einer Stange als Griff auf. Sie betraten einen großen, dunklen Raum. An dessen hinterem Ende befand sich eine Bühne, auf ihr ein Tisch und zwei Stühle. Zwei Männer saßen sich im Lichtkegel hoch aufgehängter Scheinwerfer gegenüber. Der eine sprach. Aus dem Dunkel des Saals ertönte eine Frauenstimme, die dezidiert »Stopp« rief. Erst jetzt sah Jakob Olsen, daß der andere Mann eine bekleidete Puppe war. Er folgte Jespersen nach vorn. Ihre Schritte auf dem gesprungenen Betonboden hallten in dem hohen Raum.

Der Kommissar stellte ihn Lina Krog vor. Er schüttelte lange, kräftige Frauenfinger. Er schätzte sie auf Mitte Vierzig.

Ihre Gesichtszüge schienen alle auf die hohe, breite Stirn hinzuweisen, als hätten sich Augen, Nase und Mund aus Bescheidenheit etwas zurückgezogen. Ihr dunkelblondes Haar reichte bis auf die Schultern eines grünen Wollpullovers. Jeans. Turnschuhe. Augen, deren Farbe er im Halbdunkel nicht erkennen konnte. Auch ihr Kinn war breit. Das, was man auf den ersten Blick als grobes Gesicht bezeichnen würde.

Die Bühne war jetzt leer. Der Mann mußte die Puppe weggetragen haben, ohne daß Olsen es gemerkt hatte.

»Setzen wir uns einen Augenblick dorthin«, sagte Lina Krog und deutete auf die beiden Stühle auf der Bühne.

Oskar Jespersen verabschiedete sich. Er habe noch Formulare auszufüllen. Polizeiarbeit sei heutzutage in erster Linie Verwaltungskram.

»Ich weiß«, sagte Olsen und gab ihm die Hand. »Einstweilen schönen Dank.«

Er saß Lina Krog gegenüber auf der Bühne und sah, daß sie hellgrüne Augen hatte, lindgrüne. Er wollte seine Aktentasche, die an einem der Tischbeine lehnte, hochnehmen, besann sich aber und schob die Finger langsam ineinander.

»Komisch«, sagte die Frau ihm gegenüber. »Das ist eine Handbewegung, die ich seit Jahren nicht mehr gesehen habe.«

Jakob Olsen blickte einigermaßen verblüfft auf seine ineinandergeschobenen Finger.

»Mein Onkel Christian pflegte das immer bei Tisch nach dem Essen zu tun«, sagte sie, »wenn er mich zum x-tenmal davon zu überzeugen versuchte, daß ich mich beim Lernen mehr anstrengen müsse.«

Sie lachte. Ein regelmäßiges Gebiß mit einem kleinen Spalt zwischen den oberen Schneidezähnen. Sie hatte eine etwas heisere Stimme. Aber charmant, fand er.

»Sie brauchen mir nichts zu erzählen«, sagte sie. »Ich habe den Fall Eira genau verfolgt.«

»Und, was halten Sie davon?« fragte Olsen.

Sie zuckte mit den Schultern, so daß er sah, wie sich ihre Brüste unter dem grünen Pullover einen Moment hoben und dann wieder senkten. »Nur die Schwachen haben eine Chance, dies zu überleben.«

Das verstand Olsen nicht.

»Nur die Grönländer, die sich anpassen können, meine ich. Der Rest, Eira, die Älteren – früher oder später erwischt es sie. Selbstmord, Alkohol, was eigentlich auf das gleiche hinausläuft.«

»Ich hörte vom Kommissar, daß es unter den ehemaligen Bewohnern von Eqe so eine Art Jón-Eira-Kult gibt«, sagte Olsen.

»Er steht für ihren Stolz«, sagte Lina Krog. »Außerdem war er ein Dichter.«

»Ein Dichter?«

»Ja, aber nicht wie bei uns«, sagte sie. »Er sang Lieder, selbstgemachte, über Eqe, ihr Leben dort. Ich habe ihn selbst nie singen hören.«

Lina Krog stand auf. Sie war genauso groß wie Jakob Olsen, der seine Aktentasche bereits wieder in der Hand hielt.

»Ich verstehe, daß Sie jetzt keine Zeit haben«, sagte er, während er sich auf der kahlen Bühne umsah. »Ist es ein bekanntes Stück? Ich muß gestehen, daß ich wenig vom Theater verstehe.«

»Ich habe es selbst geschrieben«, sagte sie. »Es ist die Bearbeitung einer Erzählung von Peter Freuchen. *Der Partner* heißt sie.«

»Wann ist Premiere?« fragte Olsen.

»Wenn alles klappt, Sonntag«, sagte sie und stellte einen Fuß auf eine Sprosse des Stuhls vor sich.

»Haben Sie dann überhaupt Zeit für mich?« fragte er.

»Das ist schon in Ordnung«, sagte sie. »Ich wußte ja, daß Sie kommen würden. Kann ich Sie heute abend anrufen?«

Olsen nickte. Wieder wurde ihm die kräftige Rechte entgegengestreckt.

5

Er beschloß, einen Spaziergang zu machen. Von der alten Lagerhalle kam er am Bürgermeisterhaus vorbei. Hinter den meisten Fenstern standen Geranien auf den Fensterbänken. In den Räumen mit den glänzenden Holzfußböden saßen ein paar junge Dänen, Männer und Frauen, in weißen Hemden beziehungsweise Blusen an Schreibmaschinen. Die Morgenkälte und der Nebel hatten sich verzogen. Die Luft war glasklar und prickelte ihm in der Nase. Er ging an der Krabbenfabrik vorbei und überquerte die Straße Richtung Wasser.

Das Wasser in der Bucht war undurchsichtig grau. Ein paar Wolken hingen deutlich abgezeichnet und schwer in der Ferne über den taubengrauen verwitterten Bergen, als wären sie dort an Ort und Stelle verkalkt. Zu beiden Seiten der Bucht zog sich eine breite Betonmole ins Wasser. Hineingekippte Basaltblöcke sorgten für einen Schaumrand über die ganze Länge des Damms. Ein Stück weiter, wo die Betonplatten der Straße in Asphalt übergingen, lag der neue Hafen, der Atlantikkai. Zwei schlanke Kräne hievten Preßstrohballen aus einem finnischen Schiff. Er setzte sich auf eine Duckdalbe und sah den Eskimos auf dem weißen Schiff und dem Kai davor zu.

Flink bewegten sie sich in ihren ölverschmierten Jeans und Pullovern. Für sich blieb er dabei, die Grönländer Eskimos zu nennen. In den Büchern, die er in seiner Jugend über sie gelesen hatte – das war die Zeit, als er daran dachte, Polarforscher zu werden, er mußte also ungefähr acht gewesen sein –, wurden sie auch immer als Eskimos bezeichnet. Sie ähnelten sich alle, nur war der eine größer als der andere. Breite, braungegerbte Gesichter, kurze Finger und breite Handgelenke. Und dann diese merkwürdigen, etwas weggedrehten asiatischen Augen. Lachende, schreiende Münder, behandschuhte Hände, die die Strohballen geschickt an den Eisenbändern packten und auf einen offenen Lastwagen warfen. Er sah über das Wasser in die klare Ferne, auf den blaugrauen Bergrücken, hinter dem sich nichts als Eis befand. Er hatte es vom Hubschrauber aus gesehen. Eine Landschaft zum Fürchten. Gefangen im unbeweglichen, glitzernden Schnee. Die Bezeichnung Landschaft traf eigentlich nicht zu, weil niemand darin leben konnte.

»Bewundern Sie die Aussicht?«

Er erkannte ihre heisere Stimme sofort.

»Ich denke über dieses Blau nach«, sagte er und deutete in

die Ferne. »Ganz anders als das Blau bei uns oder in Südeuropa, in Griechenland zum Beispiel. Lichter.«

Lina Krog stand neben ihm. Ein runder Oberschenkel, umspannt von farblosen Jeans.

»An Tagen wie heute kann man gut fünfzig Kilometer weit sehen«, sagte sie. »Das ist trügerisch. Alles scheint näher zu liegen, als es in Wirklichkeit ist.«

Er stand auf, die Tasche in der Hand. »Ich bin ein bißchen spazierengegangen«, sagte er.

»Kjell mußte plötzlich seinem Vater helfen. Kjell, das ist mein Hauptdarsteller.«

Jakob Olsen nickte. Sie scharrte mit dem rechten Turnschuh über die Steinchen im Asphalt, die Hände auf dem Rücken.

»Mein Auto steht da hinten. Haben Sie den Eisfjord von Jakobshavn schon gesehen?«

Olsen schüttelte den Kopf. »Ich bin erst seit gestern da«, sagte er. »Und nicht als Tourist.«

Sie gingen zu ihrem Auto, das gleich hinter Nystrups Krabbenfabrik stand; ein alter schwarzer Saab.

6

Lina Krog fuhr schnell und entschlossen, wobei sie geschickt den vielen Frostlöchern auswich. Er konnte sehen, daß sie hier jeden Meter kannte. Sie faßte das Lenkrad unten.

Sie kamen am Flugplatz vorbei. Es stand kein Hubschrauber da, und die Wellblechhalle verschloß ein vorgeschobener Balken. Im kurzen Gras neben der Landebahn weidete ein glänzend braunes Pferd.

»Ein phantastischer Anblick«, sagte er, »als wir gestern hier angeflogen kamen. All diese Eisberge auf einmal.«

Die Straße führte nach einem Bogen steil bergan. Sie fuhren jetzt dicht an der geschichteten Steilwand entlang, die den Ort vom Binnenland und dem Eis trennte. Einige Felspartien wiesen eine braunkohlenähnliche Glut auf.

»Das ist Gneis«, sagte sie. »Gneis mit viel Quarz sieht so aus. Gneis mit wenig Quarz kann man auf diese Entfernung nicht vom übrigen Gestein unterscheiden.«

»Aha«, sagte er.

Sie lachte. »Ich bin Lehrerin gewesen.«

Die Straße wurde jetzt schmaler und führte weiter bergauf. Am Rand stand ein weißes Schild mit der Aufschrift »Jakobshavn Isfjord«.

»Jetzt müssen Sie aufpassen«, sagte sie.

Auf beiden Seiten hatten sie nun Bergwände, plötzlich waren die auf seiner Seite verschwunden.

Lina Krog fuhr den Saab auf den Parkstreifen, wo noch einmal das gleiche Schild stand.

Sie blickten dreißig Meter nach unten in einen Fjord, in dem man das Wasser zwischen den stark schaukelnden und sich übereinanderschiebenden Eisbergen nur vermuten konnte. Als ob eine blendendweiße Landschaft dort unten ins Wogen geraten wäre. Der Eingang zum Fjord wurde von einer Wand aus übereinandergetürmten Eisblöcken und scharfkantigen Schollen versperrt. Und immerzu war da dieses Geräusch; ein dumpfes Grollen in der Ferne, manchmal unterbrochen von langanhaltendem Krachen oder kurzem, trockenem Knallen, ganz nah, wie von unsichtbaren Peitschen in der Luft.

Plötzlich brach die Eiswand vor dem Eingang wie ein Schleusentor zum Meer hin auf. Ein paar Eisbrocken wurden ins Meer geschleudert. Einer kippelte wie ein Stehaufmännchen und kam in völlig anderer Form schaukelnd wieder über dem tosenden Wasser hoch. Als er seinen Blick vom offenen Meer mit den nachschaukelnden Eisbergen erneut auf den Fjord richtete, hatte sich die Wand bereits wieder geschlossen. Er blickte über die krachenden Eismassen landeinwärts. Von dort kam das Grollen, wie von einem weit entfernten Artilleriegeschütz.

»Wollen Sie nicht aussteigen?« fragte Lina Krog.

Er schüttelte den Kopf. »Ich kann es so ausgezeichnet sehen«, sagte er.

»Ich steige auch nie aus dem Auto, wenn ich hier bin«, sagte sie. »Ich glaube, weil es so beängstigend ist. Davor will man sich schützen, und sei es nur mit einem alten Saab.«

Ein flacher Eisberg von der Größe des Landedecks eines Flugzeugträgers schob sich jetzt langsam in die Eiswand. Eine Wolke von Eissplittern sprühte auf und zerlegte das Sonnenlicht in ein flüchtiges Regenbogenspektrum. An der Stelle, wo der flache Eisberg sich in die Wand gebohrt hatte, glitzerte das Eis, als werde es von innen flackernd erleuchtet.

»Das ist Luft«, sagte sie, »entweichende Luftbläschen. Darum glitzern Eisberge so. Wenn sie schmelzen, werden alle diese eingefrorenen Bläschen freigesetzt.«

»Schulwissen?« fragte Jakob Olsen.

»Ach, entschuldigen Sie.«

»Nein«, sagte er, »warum denn? Es gefällt mir, wenn Sie mir solche Dinge erzählen.«

»Fünfundzwanzig Millionen Kilo Eis pro Tag«, fuhr sie fort. »Man kann sich nicht vorstellen, wieviel das ist, selbst wenn man es vor sich sieht.« Sie deutete auf einen torfbraunen kleinen Eisberg. »Der hat zuunterst im Gletscherbett gelegen. Er ist voller Geröll, Grus und Pflanzenresten, sehen Sie?«

»Im Binnenland, da wächst doch nichts?«

»Ganz früher schon.«

»Ich muß in der Schule schlecht aufgepaßt haben.«

»Vor Millionen von Jahren«, sagte sie und nickte in Richtung des braunen Bergs. »Wenn man das vergleicht ...« Sie zögerte, suchte nach Worten, einem passenden Vergleich.

»Mit dem Fall Jón Eira zum Beispiel«, ergänzte Olsen.

Sie lächelte. »Und doch ist auch der älter, als wir glauben«, sagte sie. Sie drehte den Zündschlüssel um, setzte den Saab, in den Rückspiegel blickend, zurück auf die Straße und wendete.

»Dies ist ein nützlicher Ort für Leute, die zu hoch hinauswollen«, sagte sie. »›Ilulissát‹. Stelle bei den Eisbergen.«

Am Sportplatz fuhr sie langsamer. Ein Knäuel kleiner Grönländer in bunter Sportkleidung rannte hinter einem Lederball her. »Sie wollen sicher ins Hotel?«

Jakob Olsen nickte. Er dachte an die krachenden, sich übereinanderschiebenden Eisberge. Er hatte in erster Linie Angst empfunden, wenngleich er versucht hatte, sich das nicht anmerken zu lassen. Plötzlich schienen ihm die zwischen Felsen verstreuten frischgestrichenen kleinen Häuser von Jakobshavn ein ebenso notwendiges wie armseliges Gegengewicht darzustellen. So ähnlich wie David gegenüber Goliath.

»Ich muß nachdenken«, sagte er. »Es gibt verschiedene Dinge, die untersucht werden müssen. Und in welcher Reihenfolge. Oft ist das für die richtige Wahrnehmung von allergrößter Bedeutung, die Reihenfolge.«

»Es gibt bestimmte Dinge, die Sie wissen müssen«, sagte sie.

»Zum Beispiel?«

»Zum Beispiel *angagók.*«

»Darüber habe ich was gelesen«, sagte Jakob Olsen. »Kay Birkett-Smith, Knud Rasmussen.«

»Wir haben jetzt 1975«, sagte sie. »Das ist ein Unterschied. Warum kommen Sie heute abend nicht mal bei mir vorbei?«

»Ausgezeichnet«, sagte er.

Als er ausstieg und die Holztreppe zur Hotelgalerie hinaufging, rief sie ihn bei seinem Vornamen. »Jakob!«

Er drehte sich um. Sie streckte seine schwarze Aktentasche aus dem heruntergekurbelten Fenster. Sie hatte sehr lange Finger.

Er ging zurück zum Auto.

»Kein besonders guter Beginn für einen Beobachter«, sagte sie spöttisch. »Und nenn mich doch Lina, ja?«

Sie reichte ihm die Hand, die er, sich vor dem Wagenfenster herunterbeugend, unbeholfen drückte.

»Ich hole dich um acht Uhr ab.«

Sie gab plötzlich Gas. Die Reifen des Saab quietschten. Er sah dem Auto nach. Die Farbe ihrer Augen und ihres Pullovers war praktisch die gleiche. Das Grün von Farnen im Wald.

Er nickte zufrieden, als habe er durch die Benennung von Lina Krogs Augenfarbe ein wichtiges Problem gelöst.

7

In der Hotelhalle wartete Jan Bastiansen mit dem schwarzen Gästebuch in der Hand auf ihn.

»Sie brauchen nur noch schnell zu unterschreiben«, sagte er. »Den Rest habe ich schon für Sie ausgefüllt.«

Jakob Olsen schlug das Buch auf der Theke auf und nahm den Kugelschreiber von Jan Bastiansen entgegen.

»Eine kleine Korrektur«, sagte er. »Das ist doch wohl erlaubt?«

Er warf einen Blick auf das, was er geschrieben hatte, klappte das Buch zu und gab es dem Hotelbesitzer zurück.

Aus der Bar drang Klaviermusik. Eine holprige Melodie voll bizarrer Intervalle. Als stolpere jemand durch die Noten und fiele hin. Er ging in die Bar. Sie war leer bis auf Nick

Morello. Der Amerikaner saß so vertieft über den Tasten, daß er Olsen nicht bemerkte. Manchmal glaubte Olsen die Melodie zu erkennen, doch dann war er wieder ratlos. Plötzlich hörte Morello auf.

»So habe ich früher gespielt«, sagte er, während er aufstand und auf ihn zukam. »Als ich noch meine eigene Musik machte.« Nick Morello steckte sich eine Zigarette an. »Und, sind Sie schon dahintergekommen?«

»Wohinter?« fragte Jakob Olsen.

»Ob dieser Eira nun zu Recht verurteilt worden ist oder nicht«, sagte Nick Morello. Über der Hose, die genauso schwarz war wie sein Haar, trug er ein schneeweiß schimmerndes Hemd. Seine Nägel sahen wie lackiert aus. Für einen Pianisten hatte er auffallend kleine Hände.

»Wollen Sie was trinken?«

»Die Bar ist anscheinend geschlossen«, sagte Olsen.

»Nicht für mich!«

Nick Morello ging um die Bar herum. Olsen hörte einen Schlüssel ins Schloß gleiten.

Auch bei der Bareinrichtung war man im Stil von Eiche natur geblieben, wodurch der Raum mit der niedrigen Decke und den grünen Billardlampen eher einer Sauna als einem Etablissement glich, in dem es etwas zu trinken gab.

Morello stand jetzt auf der anderen Seite der Bar, vor der Glaswand mit den Flaschen.

»Whisky?« fragte er.

»Wenn's geht, mit Soda«, sagte der Richter. »Es ist schließlich noch früh am Tag.«

Morello goß routiniert zwei Whisky ein und setzte sich dann neben ihn auf einen Barhocker. »Wie lange bleiben Sie eigentlich?« fragte er.

»Das hängt davon ab, wie schnell ich alle Beteiligten sprechen kann«, antwortete Olsen. »Und natürlich davon, was sie zu sagen haben.«

Er nahm einen kleinen Schluck von dem Whisky-Soda, der in seiner Speiseröhre und dann im Magen brannte. »Sind viele Gäste da?« fragte er.

»Ungefähr zwanzig«, sagte der Pianist. »Sie sind den ganzen Tag draußen auf dem Meer. Und abends lassen sie sich hier vollaufen und rufen mit dicker Zunge, was ich spielen soll.« Morello trommelte mit der Linken auf dem Rand der Bar. »*Für Elise, Circus Renz*, Operettenmelodien oder einen Beatles-Song. Ich kenn meine Pappenheimer.«

Die Stimme des Pianisten klang bitter und scharf. Olsen warf ihm einen kurzen Blick von der Seite zu. Morello hatte die Nase eines Raubvogels. Und einen Adamsapfel wie Åke Tass, der übereifrige Standesbeamte. Nur schaute er nicht so selbstsicher drein wie der Beamte. Nicht annähernd.

»Haben Sie erkannt, was ich vorhin spielte?« fragte Morello. Er stand auf, ging zum Klavier und schlug im Stehen ein paar breite Akkorde an.

»Jetzt erkenne ich es«, sagte der Richter. »Ist das nicht *Ramona*?«

»Eine Sache von erweiterten Akkorden«, sagte Morello und schlug den Klavierdeckel heftig zu. »Etwas spielen, was die Grundmelodie suggeriert, heraufbeschwört, ohne daß man sie spielt. Man umkreist sie. Das ist die Kunst.«

»Ich verstehe nicht viel von Musik«, entschuldigte Olsen sich. »Aber meine Söhne. Die reinsten Jazzfreaks. Inzwischen sind sie mit ihren ganzen Platten und Musikanlagen aus dem Haus. Gott sei Dank.« Er lachte.

»Jazz hab ich auch gespielt«, sagte Morello und trat ans Fenster, von dem aus man auf die Asphaltstraße vor dem Hotel sehen konnte. »Ich habe in New York mit den unterschiedlichsten Leuten gespielt. Namen, die Ihnen wahrscheinlich nichts sagen werden, aber Ihren Söhnen um so mehr. Ich habe es auf Dauer nicht geschafft. Und jetzt sitze ich hier und haue den *Minutenwalzer* von Chopin in Rekordtempo auf dem miesesten Yamaha der Nordhalbkugel runter. Sogar wenn ich sturzbesoffen bin, lege ich das Ding noch fehlerfrei hin.« Nick Morello drückte die Hände flach an die Scheibe. »Der einzige Jazzpianist der Polarzone«, sagte er leise. »Ich muß hier weg.«

Olsen war sich nicht sicher, ob der letzte Satz an ihn gerichtet war. Daher schwieg er und tickte mit dem Fingernagel an sein Glas.

»Wollen Sie noch einen?« sagte Morello. Er kam schnell, langte über die Bar und griff zu der dreieckigen Dimple-Flasche. »Guter Whisky«, sagte er.

»In der Tat«, sagte Olsen. »Aber für mich nicht mehr. Ich muß noch arbeiten.«

»Ich auch«, sagte Morello. »Gerade darum.« Er goß sich das Glas bis über den Eichstrich voll.

»Nur daß ich bei meiner Arbeit nicht improvisieren kann«, sagte Olsen. Er stand auf und gab Morello die Hand.

Der Pianist schien überrascht von der plötzlichen Förmlichkeit. »Ich komm mit«, sagte er. »Ich habe Zimmer achtundzwanzig.«

Sie nahmen ihre Schlüssel vom Brett und gingen schweigend hintereinander den Gang entlang; Morello mit dem Whiskyglas, das er wie eine Trophäe über dem Kopf hielt, der Richter mit seiner schwarzen Tasche. Mit kurzem Winken verabschiedete er sich von dem Pianisten.

8

Er blickte auf und starrte über die Diskobucht auf einen Eisberg, der oben spitz zulief, ätherisch dünn und durchsichtig wie eine gläserne Kirchturmspitze, und dahinter, ganz in der Ferne, eine schwarzgraue Hubbellinie am Horizont. Das mußte die Küste der Insel Disko sein.

Er hatte sich diesen Augenblick in den letzten Jahren verschiedene Male vorzustellen versucht. Den Augenblick, da der alte Ole Olsen endlich den Geist aufgeben würde. Mit einer Art Neugier eigentlich, ob er irgend etwas empfinden würde. Und jetzt, wo es soweit war, oder beinahe soweit, jetzt spürte er nur diesen einen verdammten Whisky im Magen. Er ging zu seinem Koffer, suchte im Verbandskasten nach seinen Magentabletten und schluckte im Badezimmer eine. Er betrachtete sein Gesicht im Spiegel, rieb sich mit dem Mittelfinger über die trockenen Lippen. Seine Mutter hatte immer behauptet, er habe Ähnlichkeit mit seinem Vater, aber sie war die einzige, der diese Ähnlichkeit je aufgefallen war.

Ole in einem Sauerstoffzelt, um sein Leben kämpfend. Ohne Glauben, aber doch starrköpfig und stolz und bis zum letzten Atemzug Haltung bewahrend. Oder doch nicht? Mußte er endlich zugeben, daß es etwas gab, gegen das er nicht ankam? Hatte er deshalb so in Inges Hand gekniffen? Hatte er doch Angst?

»Verdammt«, murmelte er und wischte sich die Tränen aus den Augen.

Er ging ins Zimmer zurück und zog die Vorhänge vor. Todmüde machte einen dieses Licht, das weder stärker noch schwächer wurde. Er legte sich auf das Bett und starrte zur Deckenleuchte.

Wie allein man sich fühlen muß. Trotz allem.

Ole, der ihn zum Jurastudium gezwungen hatte, obwohl er lieber Volkswirt geworden wäre. Oles Genugtuung, als er es dann weiter brachte als er selbst. Oles einmaliges förmliches Schulterklopfen, als er seinen Doktortitel bekam. Und früher, morgens beim Frühstück. Wenn Ole das Zimmer betrat, mußten sie aufstehen, und dann bekam jeder, inklusive des Dienstmädchens mit der weißen Schürze, die Hand gereicht. Als sähe er einen allmorgendlich wieder zum ersten Mal. Einmal hatte er gewagt, dabei seinen Namen zu sagen, als stellte er sich vor: Jakob Olsen. Das hatte ihm im selben Augenblick eine Ohrfeige eingetragen. Einen blitzartigen Schlag, während das Gesicht seines Vaters den förmlichen, freundlichen Ausdruck nicht verlor.

Obgleich es Fotos gab, hatte er sich seinen Vater nie als Kind vorstellen können. Vielleicht jetzt. Vielleicht war er jetzt in seiner Hilflosigkeit nahe daran. Daher fand er es schlimm, nicht an seinem Sterbelager sitzen zu können. Rache? Möglicherweise ein wenig. Aber auch, weil er ihn dann einmal, ein einziges Mal nur, hätte brechen sehen und so vielleicht zum ersten und letzten Mal hätte sagen können: Ole, Papa. Sogar als Mutter starb, war sein Vater nur irritiert gewesen, verärgert über Ärzte und Schwestern.

»Ole«, sagte Jakob Olsen in die Stille des Hotelzimmers hinein. »Ole Olsen.«

Langsam zog er sich im Bad aus. Er wollte wissen, wieviel er wog, aber hier stand natürlich keine Waage. Zuviel jedenfalls. Auf dem Rand sitzend, sah er zu, wie die Wanne vollief.

Er hatte sich nie sonderlich für seinen eigenen Körper interessiert, doch nun betrachtete er ihn, im Wasser liegend, genau. Die sich langsam durch die Wärme des Wassers rosa färbende Haut entzog all dies schwabbelige blutige Fleisch, die braune Leber und die Knochen den Augen. Ein einziger Schnitt mit dem Skalpell, und die Wanne würde sich mit Blut und ellenlangen Darmschlingen füllen.

Ein deutscher Soldat in einem Graben gleich außerhalb von Ødis, dem Dorf, wo er sich während des Krieges eine Zeitlang vor dem Arbeitsdienst versteckt hatte. Sie mußten ihn mit einem Bajonett erledigt haben. Vielleicht war es aber auch eine Sense gewesen. Manche Dänen auf dem Land waren ziemlich anti-deutsch eingestellt. Die gespreizten Finger, mit denen der Soldat versucht hatte, die Därme wieder in den Bauch zu schieben, waren braun von geronnenem Blut.

Sanft rieb er mit der Hand über seinen glatten Bauch, inspizierte den tief eingefallenen Nabel, griff kurz an sein Geschlecht.

Dieser Eisfjord hätte Ole gefallen. Er hätte keine Angst gehabt. Mit strammen Schritten wäre er in seinem dunkelgrauen Gabardineanzug bis dicht an den Rand des Abgrunds gegangen und hätte, die Hände in die Hüften gestemmt, die Eisberge in Augenschein genommen. Wie ein General auf einem Gemälde aus dem vorigen Jahrhundert, die Kette seiner goldenen Uhr in schwungvollem Bogen auf der Weste. Hoch über dem Truppengetümmel, dem gemeinen Fußvolk.

Er war völlig furchtlos, Ole. Angst zu haben war für ihn eine Todsünde. Wenn er bei Tisch etwas aus seiner Kanzlei erzählte – was selten vorkam, Mutter fragte nie danach –, dann geschah das in einem Ton absoluter Bestimmtheit. Das Recht war eine strenge Meßlatte, an der man jegliches menschliche Handeln, jegliche Abweichung ablesen konnte.

Und jetzt lag sein Vater gewaschen und hergerichtet in der Leichenhalle eines Kopenhagener Krankenhauses. Gekämpft hatte er wie ein Löwe, laut Inge. Warum? Was ließ er zurück?

Respekt. Ich empfand Respekt vor ihm, dachte er, während er mit einer Hand leichte Wellen im Badewasser schlug. Aber eigentlich war es Angst. Ich habe mein ganzes Leben lang Angst vor meinem eigenen Vater gehabt.

Tropfend stellte er sich in der Wanne auf. Er schlug sich mit beiden Händen einmal kräftig auf den Bauch. Behaglich betrachtete er die Handabdrücke auf seiner prickelnden Haut.

Er trocknete sich ab und trat in der Unterhose ins dämmrige Hotelzimmer. Er klappte die Mappe mit dem Schreibpapier auf, nahm seinen Füller und begann einen Brief an seine Frau. Mittendrin legte er den Brief in die Mappe zurück, stand auf und ging an den Kleiderschrank. Sorgfältig wählte er seine Kleidung. Ein rosa Hemd mit feinen weißen Streifen, den anthrazitgrauen Kammgarnanzug, eine graue Krawatte. Er legte alles nebeneinander aufs Bett. Sein Vater war gestorben, aber er besuchte heute abend eine Frau.

9

Während Lina Krog zum dritten Mal zum Choke griff, schaute sie zu der Reihe hoher eiserner Krankenhausbetten in der Baracke auf der anderen Seite des Schlackenwegs. Dort lagen verschiedene ihrer ehemaligen Schüler. Daher winkte sie, als sie an dem Kindersanatorium vorbeifuhr. Die Tbc-Impfung, für das gesamte Lehrpersonal in Dänemark Pflicht, war hier keine unnütze Formsache. Im Abstand von sechs Monaten wurden alle Kinder durchleuchtet. Und jedesmal entdeckten die Ärzte wieder ein paar neue Fälle. Meist kehrten solche Kinder nicht mehr in die Schule zurück. Sie hatten zuviel versäumt, waren zu alt für ihre Klassenkameraden geworden. Nicht, daß es letztlich viel ausgemacht hätte. Sie landeten doch alle bei Nystrup. Zumindest die Mädchen. Die kräftigeren Jungen gingen zum Bau oder wurden Hafenarbeiter. Fischersöhne wurden Fischer. Ein Mädchen, das Kassiererin im Supermarkt wurde, hatte so ungefähr das Höchste in Jakobshavn erreicht. Im Rathaus arbeitete keine einzige.

Nicht, daß die Dänen das verhindert hätten. Im Gegenteil. Sie wären Grönland gern losgeworden. Die Insel kostete sie jährlich Millionen. Alles, was man hier in Jakobshavn sah, kam aus Dänemark. Die Fabrik, das Holz, der Beton für die Häuser, das Fleisch im Supermarkt. Das konnte der Erlös aus der Krabbenfischerei nicht annähernd aufwiegen.

Anfangs hatte sie wie ihre Landsleute gedacht. Grönländer waren faul, lethargisch, nur in Schwung zu kriegen für eine Jagdpartie oder einen Krug Bier. Die Kinder schienen kein Gedächtnis für das zu haben, was sie ihnen erzählte. Es hatte drei Jahre gedauert, bis sie dahintergekommen war. Auch die Tatsache, daß sie in diesen drei Jahren Grönländisch gelernt hatte, hing damit zusammen.

Die Kinder waren interessiert, schienen aber nicht imstande, einen Bezug zwischen einzelnen Tatsachen herzustellen. Eine Stadt blieb für sie viele Häuser. Ein Grundriß blieb flach. Sie erinnerte sich an eine Zeichnung, die eines der Kinder nach einem Besuch der Krabbenfabrik angefertigt hatte.

Der kleine Junge hatte das Fließband, auf das die Kisten mit den geschälten Garnelen gestellt wurden, in allen technischen Details wiedergegeben. Dann hatte er die Krabbenpulerinnen dazugezeichnet, wie sie in langer Reihe auf Hokkern mit niedriger Rückenlehne vor dem Band saßen, jede vor ihrer eigenen Krabbenschüssel. Und zum Schluß hatte er jeder Schälerin mit Farbstiften eine eigene Farbe gegeben, eine Farbe, die in dem Fließbandstück direkt vor der Schälerin wiederkehrte.

Sie hatte ihn nach diesen Farben gefragt. Er hatte auf alle Pulerinnen gezeigt, eine nach der anderen, mit Vor- und Nachnamen. Dann hatte er sein dickes Fingerchen über das bunte Fließband gleiten lassen. Dies ist ihr Band, und das ist ihr Band. Aber das Band läuft doch, hatte sie gesagt; das Band läuft, und die Pulerinnen sitzen still. Er hatte genickt und sie mit seinem runden Gesicht und den schrägen braunen Augen angestrahlt.

Der dänische Unterricht glitt an ihnen vorbei. Deshalb hatte sie damit Schluß gemacht. Es hatte keinen Sinn zu versuchen, einen Kreis in ein Quadrat zu verwandeln.

Sie fuhr an der kleinen Holzkirche mit dem schiefergrauen schrägen Ziegeldach und dem pfauenblauen Türmchen vorbei zum Hotel »Der weiße Falke«. Sie war eine Viertelstunde zu früh. In dieser Jahreszeit schienen die bunten Häuser von Jakobshavn unverrückbar. Die niedrige Sonne sorgte für tiefe, scharf abgeschnittene Schatten.

10

Lina Krog erschrak so sehr, daß ihre rechte Hand automatisch an den Rand des Empfangstresens griff. Er trug denselben, jetzt noch abgewetzteren Smoking wie im vorigen Jahr. Eine knallrote Fliege hing schief unter seinem langen, spitzen Kinn, über das bereits der Schatten des nachwachsenden Bartes lief.

Nick Morello umarmte sie und küßte sie auf beide Wangen. Er roch noch immer nach Whisky. Sie schob ihn sanft von sich und schüttelte lachend den Kopf.

»Ich weiß«, sagte er. »Keine Uniform, die zu mir paßt. Komm mit, was trinken. Ich muß um acht Uhr anfangen.«

Fünfzehn Paar Männeraugen. Einige mußten sie jetzt bereits doppelt sehen. Nick zog sie an einer Hand durch das Stimmengewirr und den Zigarrenrauch an einen Tisch hinter dem Klavier und winkte Jan Bastiansen, der hinter der Bar Gläser spülte.

»Ich dachte, du bist in New York, du wolltest voriges Jahr doch nach New York zurück«, stammelte sie und sah dabei auf das schmale, nur allzu bekannte Profil.

»Das Fleisch ist schwach«, sagte er und fuhr ihr kurz mit dem Zeigefinger über die Nase.

»Und Johnny Walker noch immer dein bester Freund?«

»Dimple«, sagte er und nahm die beiden Gläser mit den klirrenden Eiswürfeln von Jan Bastiansen entgegen, der Lina Krog ein wenig mitleidig ansah. Lina wich seinem Blick aus. Jan Bastiansen hatte Nick schließlich selbst zurückgeholt. Und sie verstand auch, warum. Nach zwei Monaten Spielen würde Nick ebenso mittellos nach Kopenhagen zurückkehren, wie er gekommen war.

»Du hast mir gefehlt«, sagte er und stieß vorsichtig mit seinem Glas an ihres.

»Du willst doch nicht etwa behaupten, daß du deshalb zurückgekommen bist?«

»Es machte es aber erheblich einfacher«, sagte er.

»Ich habe jetzt keine Zeit«, sagte sie. »Und die nächsten Tage auch nicht. Ich muß für Jakob Olsen dolmetschen. Kennst du ihn?«

»Wir haben heute nachmittag einen Whisky zusammen getrunken.«

Sie goß den Inhalt ihres Glases in seins und stand auf. »Ich ruf dich an«, sagte sie. »Du mußt was für ein Theaterstück von mir komponieren. Eine Schlußmelodie. Ich brauche sie Sonntag.«

»Nichts kann mich schrecken.«

»Ein kleines Thema, mehr nicht«, beruhigte sie ihn.

»Ayayay«, murmelte er nickend und trank sein Glas in einem Zug leer.

Sie wich einen Schritt zurück, als er aufstand. Sie wollte nicht, daß er sie noch einmal berührte. Als sie an der Tür war, hörte sie ihn die ersten Akkorde spielen. Über die Schulter sah sie zwischen den runden Rücken der Hotelgäste in ihrer lächerlichen Freizeitkleidung und mit ihrem lärmenden Anglerlatein auf Nick Morellos abwesendes schmales Gesicht. *Autumn in New York.* Da kommt er nie mehr hin, dachte sie. Und er weiß es. Sie empfand Mitleid. Und etwas anderes, dem sie nicht nachgeben wollte.

11

Jakob Olsen saß in der Hotelhalle auf einem runden Sessel mit breiten Armlehnen vor der Fensterbank, auf der der Blumentopf mit dem dänischen Fähnchen stand. Er sah größer und schwerer aus als in ihrer Erinnerung. Vielleicht kam es durch seinen Anzug, dieses verrückte Hemd mit den schmalen weißen Streifen, das unter dem offenen Mantel halb zu sehen war.

»Sie sind ja schon hier«, sagte er, während er sich mühsam erhob und ihr die Hand gab.

»Ja«, sagte sie. »Und wir hatten abgemacht, uns zu duzen.«

»Ach ja, stimmt.«

Er folgte ihr nach draußen. Grün mußte wohl ihre Lieblingsfarbe sein. Eine strammsitzende, abgewetzte Hose verschwand in braunen, ungeputzten Stiefeln. Sie trug eine Jacke, die einem Flieger gehört haben mußte. Das dunkelbraune Leder war an den Ellbogen gesprungen. Sie fuhr an ihrer alten Schule, dem jetzt verlassenen Sportplatz mit den leuchtendweißen Kreidelinien und dem Hubschrauberplatz vorbei zu ihrem Haus gegenüber dem Kindersanatorium. Die Frontscheibe des Saab war mit geplatzten Mücken übersät.

»Du wohnst schön hier«, sagte er.

»Als ich aufhörte zu unterrichten, mußte ich umziehen«, sagte sie. »Das Haus gehörte der Schule.«

»Und dieses hier?«

»Der KGH.«

Das hatten viele Häuser hier, eine Außentreppe aus Beton oder Holz, die zu einer Veranda vor der Haustür führte. Lina Krog zog einen Schlüsselbund aus einer der breiten Brusttaschen ihrer Fliegerjacke. Brusttaschen mit langen Klappen und glänzenden Kupferdruckknöpfen.

»Es ist allerdings klein«, sagte sie. »Fast alle Häuser hier sind klein.«

Jakob Olsen kniff die Augen zusammen. Das tat er in letzter Zeit öfter.

»Eine Garderobe gibt's nicht«, sagte sie, nahm seinen schweren Mantel und legte ihn in einer Ecke des Zimmers auf ein niedriges Doppelbett mit einer hellorangen Überdecke. Vor dem Sprossenfenster standen ein runder Nußbaumtisch und zwei Stühle mit Sitzflächen aus Korbgeflecht. Die ganze rückwärtige Wand neben der Tür wurde von einem Bücherschrank eingenommen. Nirgends Blumen. An den ungestrichenen Wänden hingen ein paar nachlässig angepinnte Fotos, hektographierte Blätter und Kinderzeichnungen. Er erkannte auch eine Radierung aus Goyas *Die Schrecken des Krieges.*

Jakob Olsen saß in seinem mattgrauen Anzug am Tisch. Er schob die leichtbehaarten Finger ineinander und starrte aus dem Fenster. Sein Gesicht hatte einen verlorenen Ausdruck.

»Wollen Sie Kaffee?« fragte sie.

»Ich dachte, wir wollten uns duzen.«

»Diese verdammte Förmlichkeit«, sagte Lina Krog. Sie lachte. Die weiße Bluse, fast ein Hemd, fiel von ihren eckigen Schultern in weiten Falten um sie.

»Ja, Lina«, sagte er. »Gern.«

Sie ging in die Küche neben dem Wohnzimmer, schaltete die Kaffeemaschine ein und sah, während sie neben dem gluckernden Gerät stehenblieb, hinaus auf die unbeweglichen kantigen Schatten der Holzhäuser und die frischgestrichenen weißen Fensterrahmen am Haus von Fredrik, dem Zimmermann. Einen ganzen Nachmittag lang hatte sie ihn arbeiten sehen. Mit ruhigen, gleichmäßigen Bewegungen eines schmalen Pinsels, bis seine Frau Anna in der Tür erschienen war und ihn hineingerufen hatte. Auf die Entfernung hatte es wie eine Idylle ausgesehen.

»Möchtest du einen Schuß?«

Sie hob die Courvoisier-Flasche hoch.

Jakob Olsen nickte. Sein rechter Mundwinkel zitterte. Sie goß den Kognak in zwei kleine geschliffene Schnapsgläser.

»Mein einziger Familienbesitz«, sagte sie. »Kristall. Sie haben meiner Großmutter gehört, obwohl sie keinen Tropfen trank.«

Er nippte, stellte die Kaffeetasse ab und kratzte sich erst an der einen, dann an der anderen Augenbraue.

»Guter Kaffee«, sagte er, trank den Kognak und schwieg dann.

Lina Krog drehte ihre Tasse langsam auf der Untertasse. Der Richter machte einen unentschlossenen Eindruck auf sie. Seine Hände zitterten. Sie schenkte ihm noch einen Kognak ein.

»Wie lautet dein Auftrag eigentlich genau?« fragte sie.

»Beobachten. Das an erster Stelle. Versuchen zu rekonstruieren, was genau passiert ist. Ob man vergessen hat, etwas zu notieren, ob man etwas übersehen hat. Manchmal kommt es auf kleine Unterschiede an. Die können signifikant sein.«

Er warf ihr einen durchdringenden Blick zu.

»Es ist natürlich traurig, daß Jón Eira sich aufgehängt hat«, fuhr er fort. »Nichts deutete darauf hin, daß er das tun würde.«

Mit der einen Hand strich sie das Haar an ihrer rechten Schläfe zurück. Jakob Olsen sah ein großes Ohr mit breitem Rand. Genau in der Mitte des Ohrläppchens saß ein dunkler Punkt, ein nach innen gewölbtes kleines Loch.

»Sogar Kinder begehen hier Selbstmord«, sagte sie. Sie deutete auf eine Zeichnung an der Wand. »Ein zehnjähriger Junge. Aus Jón Eiras Dorf.«

Er stand auf, um sich die Zeichnung anzusehen. Er spürte, wie ihm das Blut im Kopf kreiste.

Eigentlich war es eine Serie von Zeichnungen, wie ein Comic. Auf dem ersten Blatt war ein Haus abgebildet, durch das man, wie Kinder es oft zeichnen, hindurchschauen konnte. Auf einem Bett lag eine schwarze Figur, die noch einmal, an anderer Stelle des Zimmers, steif wie ein Brett mit dem Kopf voran durch ein offenes Fenster hinaussegelte. Auf der zweiten Zeichnung zog jemand einen Schlitten, auf dem eine Harpune, ein Elchgeweih und einige für ihn undefinierbare Gerätschaften lagen. Auf der dritten Zeichnung blickte man mitten durch einen Steinhaufen. Darin lag derselbe schwarze Mann und neben ihm die Harpune, das Geweih und die übrigen Geräte. Über den Steinen schwebte ein rotes Kreuz in der Luft. Die vierte Zeichnung verstand er nicht so recht.

»Was ist das?« fragte er und zeigte dorthin.

»Das ist Kagssassúk, der Junge, während er auf dem Heimweg vom Grab seines Vaters seine Spuren im Schnee verwischt, damit sein toter Vater ihm nicht folgen kann.«

»Wurde sein Vater so unter Steinen begraben?«

»Nein. Er wurde ganz normal auf dem Friedhof von Jakobshavn beerdigt. Es sind Christen.«

»Daher das Kreuz?«

»Ja«, sagte sie. »Das hat er gemalt, als alles andere fertig war.«

Olsen setzte sich wieder.

»Hat der Junge aus Kummer um den Tod seines Vaters Selbstmord begangen?«

»Nein«, sagte sie. »Sein Vater war schon lange krank. Der Junge wußte, daß er sterben würde.«

Draußen schaltete ein Lastwagen heulend in einen höheren Gang.

»Es hat schon was mit dem Fall Eira zu tun«, sagte sie. »Der Junge wollte seinen Namen zurückgeben, um es noch einmal zu versuchen. Das haben wir zumindest aus seinem Brief geschlossen. Der Körper und die Seele sind auf der Zeichnung zu sehen, der Name nicht. Der Name kehrt in einem Baby zurück und wird so wieder zum Körper. Jón Eira tötete seine Großmutter, weil sie ein *angagók* geworden war, ein böser Geist. So befreite er ihren Namen, und jetzt lebt sie vielleicht schon wieder im Körper eines Kindes weiter.«

»Glaubst du das?« fragte Jakob Olsen.

»Darum geht es jetzt nicht. Die Welt sieht für sie so aus. Oder besser gesagt, noch ein bißchen so.«

»Das wirft dann ein seltsames Licht auf unseren Begriff Mord«, sagte Jakob Olsen.

»Richtigen Mord, wie wir ihn verstehen, wobei man jemanden für immer auslöscht, gibt es für sie nicht.«

Er seufzte.

»Sie kennen unsere Regeln, unsere Gesetze, aber was ich eben erzählt habe, werden sie nie erzählen.«

»Warum nicht?« fragte er. »Aus Stolz?«

Lina Krog goß die Gläser noch einmal voll. Es waren schließlich nur ganz kleine. Sie schaute hinaus. Auf dem Kai des alten Hafens saßen zwei Fischer, Umanatsiaq und sein Vater, und ließen ein safrangelbes Netz, das kein Ende zu haben schien, langsam durch die Finger gleiten.

»Aus Scham«, sagte sie. »Sie wollen für ihr Leben gern so werden wie wir. Sie schämen sich, aber so schnell können sie sich nicht ändern. Man kann das mit einem Kreis vergleichen, der davon träumt, ein Quadrat zu werden.«

»Die Quadratur des Kreises«, sagte Jakob Olsen. »Also etwas Unmögliches.«

»Und trotzdem versuchen sie es.«

Er nahm einen Schluck Kognak. »Ein Beobachter kann nicht mit der Mitteilung zurückkommen, daß es sich hier um eine Tote handelt, die eigentlich gar nicht tot ist«, sagte er.

Lina Krog lachte. Von ihren Nasenflügeln zogen sich zwei breite Furchen zu den Mundwinkeln. Sie legte den Kopf zurück, so daß sich drei breite waagrechte Falten an ihrem Hals bildeten. Drei parallel verlaufende straffe Furchen.

»Die Gesichter möchte ich sehen!«

Er legte seine Hände mit den Handflächen nach oben auf den Tisch.

»Was schlägst du vor?« Er zog ein Notizbuch und einen silbernen Füllhalter aus seiner Innentasche und legte sie nachdrücklich nebeneinander auf den Tisch. Als könnte diese dezidierte Geste Klarheit in die Sache bringen.

»Ich weiß es nicht«, sagte sie. »Ich kann versuchen, die Bewohner von Eqe zusammenzukriegen. Wenigstens die, die dabeigewesen sind. Jón Eiras Frau leider nicht mehr. Die ist vor einem halben Jahr an Tb gestorben.«

Jakob Olsen notierte etwas, langsam und gleichmäßig. »Und dann der Untersuchungsrichter von Godthåb«, sagte er. »Der hat sie damals in Eqe verhört.«

»Marius Sivertsen.«

»Ja, der«, sagte er. »Kennst du ihn?«

»Nein.«

»Spricht er Grönländisch?«

»Nicht daß ich wüßte.«

»Und der Verteidiger, dieser Thorwald?«

»Der ist wieder in Dänemark. Der hat es hier nicht ausgehalten.«

Er schrieb etwas auf. »Das hätten sie mir ja vielleicht sagen können«, meinte er leicht pikiert. Mit dem Notizbuch in der Hand sah er sich um. Er wollte telefonieren.

»Im Bücherschrank, über dem Plattenspieler.«

Er stand auf und zog die Karte des Bürgermeisters aus dem Notizbuch. »Der Bürgermeister«, sagte er und wedelte mit der Karte herum. »Ich will, daß er einen Termin mit diesem Sivertsen für mich arrangiert.«

Der Bürgermeister war nicht da. Bjørn Pedersen war auf dem Meer. Jakob Olsen legte auf. »Was hat ein Bürgermeister auf dem Meer zu suchen«, knurrte er und steckte die Visitenkarte wieder in sein Notizbuch.

»Krabben. Ohne das Meer und die Krabben können wir hier nicht leben«, antwortete sie.

Jakob Olsen ging zum Tisch zurück. Er setzte sich und sah sie lange aufmerksam an. Die Verlorenheit seines Blicks überraschte sie. Es war ein aufrichtiger, leerer und völlig ausgebrannter Blick.

»Fühlst du dich nicht gut?« fragte sie und legte für einen Moment ihre Hand auf seine. Es war ein spontaner Ausdruck von Besorgnis, sonst nichts. Vielleicht begann Jakob Olsen deshalb offener zu sprechen als gewöhnlich.

»Gestern ist mein Vater gestorben«, sagte er. Er hob beschwörend die Hand, als er sah, daß sie etwas sagen wollte. »Er war steinalt. Und trotzdem hat er anscheinend gekämpft, um am Leben zu bleiben.«

»Es tut mir leid für dich«, sagte sie.

»Mir nicht«, sagte er. »Aber da ist ein anderes Gefühl. Ich hätte schon seit Jahren darauf gefaßt sein können, aber jetzt, wo es soweit ist ...« Er klopfte mit den Fingerspitzen an seine trockenen, geschlossenen Lippen, als wolle er so die Worte hervorholen.

»Erst sind es deine Eltern«, sagte er. »Später, wenn man selbst Kinder hat, rücken sie langsam in den Hintergrund. Man vergißt sie ein wenig. Bis sie krank werden oder sterben, wie mein Vater. Dann weiß man auf einmal, wo man selbst steht.«

Sie sah ihn schweigend an. »Meine habe ich kaum gekannt«, sagte sie. »Ich bin von einem Onkel aufgezogen worden.«

»Onkel Christian?«

»Genau. Onkel Christian.«

»Ein Dichter hat es einmal schön ausgedrückt«, sagte Jakob Olsen. »›Mein Vater war fortgezogen, von einer mir unbekannten Macht geschoben.‹ Und jetzt habe ich auch ein wenig das Gefühl, fortgezogen zu sein, ein Stück weitergerückt zu sein. Aber in die falsche Richtung«, fügte er hinzu und sah mit mattem Lächeln hinaus.

Tief und unbeweglich stand die gelbliche Sonne. Am Hafen saßen zwei Fischer, ein jüngerer und ein älterer, einen Haufen Netze zwischen sich. Von dem hohen Betonwall rings um das Trinkwasserreservoir auf der anderen Seite des Hafens flogen ein paar Möwen auf, erst grau und dann in einer plötzlichen Drehung schneeweiß.

»Liest du Gedichte?« Sie stützte die Ellbogen auf den Tisch.

»Früher«, sagte er. »In meiner Studentenzeit. Ich habe vergessen, wie dieser Dichter hieß.«

Ihre Haare fielen an beiden Seiten von den Schultern über die weiße Bluse und berührten die Tischplatte.

»Hast du selbst Angst vor dem Tod, Jakob Olsen?« Sie sprach seinen Namen langsam und nachdrücklich aus.

»Ich glaube nicht«, sagte er. »Aber wenn ich dann von Inge höre, wie Vater sich gewehrt hat. Man weiß es nicht.«

»Inge?«

»Meine Frau.«

Sie nickte und sah an ihm vorbei. Er stand auf und ging zu dem niedrigen Bett in der Ecke. Während er schwerfällig seinen Mantel anzog, sagte er: »Ich fahre morgen nach Godthåb. Zu diesem Sivertsen. Wenn du für Freitag was mit diesen Leuten aus Eqe abmachen könntest.«

»Ja«, sagte sie, »in Ordnung.« Es klang ein wenig gezwungen, wie eine Frau, die meint, nicht genug Aufmerksamkeit bekommen zu haben. Während er den Mantel zuknöpfte, betrachtete er noch einmal aufmerksam ihr Gesicht. Sie war nicht hübsch. Die einzelnen Teile ihres Gesichts schienen sich unabhängig voneinander entwickelt zu haben. Nicht die vertuschende Geschlossenheit aufeinander abgestimmter Proportionen, sondern das Markante einer kantigen Unregelmäßigkeit. Es war ein Gesicht, an das er sich noch lange, nachdem er Grönland verlassen hatte, bis in alle Einzelheiten würde erinnern können.

»Ich find schon raus«, sagte er.

Sie stützte den Kopf in die Hände und blickte aus dem Fenster. Durch ihre weiße Bluse sah er die Wirbel ihres angespannten Rückgrats. Sie erwiderte nichts.

12

Allein am Tisch, sagte sie etwas zu dem zurückgeschobenen Stuhl gegenüber. Nur ein Wort. Sie stand auf, legte die Hände in den Nacken und starrte auf den weißglänzenden Balken über ihrem Kopf. Sie ging zum Bücherschrank, nahm eine Zigarette aus dem roten Prince-Päckchen neben dem Plattenspieler und zündete sie mit dem giftgrünen Plastikfeuerzeug an, das neben der Abdeckhaube lag. Dann hockte sie sich vor den Plattenstapel in dem Fach unter dem Plattenspieler.

Während sie zu ihrem Stuhl zurückging und sich noch einen Kognak eingoß, hörte sie hinter sich das scharfe Klicken des sich in Bewegung setzenden Tonarms. Sie kannte die Seriennummer der Platte auswendig. Galaxy HLX-10.1017. Rauschend lief die Nadel durch die ausgeleierten ersten Rillen.

Nick hatte ihr vom Tag der Aufnahme zusammen mit Lester Young alle Einzelheiten erzählt. 3. August 1956. Achtzehn mußte Nick damals gewesen sein. Jung und vielversprechend, wie man so sagte. Und Lester Young alt und ausgebrannt. Sie hörte das Tenorsaxophon mühsam von einem in den anderen Akkord gleiten. Musik eines melancholischen Saufbolds. Nick hatte erzählt, daß Lester Young, beziehungsweise der Präsident, wie sein Beiname offenbar lautete, bereits einen halben Liter Whisky intus hatte, als er mit der Aufnahme begann.

A foggy day in London town. Nick hatte keine Ahnung, wie oft sie diese Platte im vergangenen Jahr aufgelegt hatte. Wegen der paar Minuten, in denen Nick sein Solo spielte, nur für sie.

Als ich Nick voriges Jahr zum erstenmal sah (wann, an welchem Tag? Tu nicht so, als wüßtest du es nicht mehr). Am vierzehnten Juni war es, in der Bar des »Weißen Falken«. Er setzte sich zu mir. Ich war nicht gleich verliebt. Warst du das überhaupt? Ging es im Grunde nicht um Jimmy, um Jimmy Rosa? Lina Rosa. Oder Lynn, wie er dich nannte. Auch schwarzhaarig, auch schmächtig, auch aus New York. Aus derselben Gegend wie Jim und ich, Nick. Ich ging mit in sein Zimmer. Dicht nebeneinander. Jim und du in der East 5th Street und Nick ein paar Straßen uptown, St. Marck's Street, über der Buchhandlung. Weißt du noch, wonach es in diesem Laden roch? Nach Weihrauch und Bohnerwachs, sagte er. Und du lehntest dich heftig nikkend auf seinem Bett zurück und spürtest, wie er dich ansah, und daher fingst du an, von Jim zu erzählen. Sehr schnell, als erzähltest du einen Film nach. Pilot auf dem Stützpunkt Red Point, an der Ostküste. Ich lernte ihn in Kopenhagen kennen, dort machte er Urlaub. Ich war dreiunddreißig, und schon war's um mich geschehen. Alles wurde anders. Die Stadt, alles. Durch ihn, die Gegenwart seines Körpers, seine Stimme. Ich ging mit ihm, sagtest du zu Nick, der mit untergeschlagenen Beinen am Fußende des Hotelbetts saß. Schwarz und aufmerksam. Erst zurück nach Grönland und dann nach New York, und dort fing das Elend an. Er sprach nicht mehr von Heirat. Nur vom Fliegen. Er wollte um jeden Preis fliegen, aber niemand wollte ihn. Bis er eines Tages nach Hause kam und sagte, er habe sich weiterverpflichtet, er gehe nach Vietnam. Und du schwiegst und sahst ihn an, und deine Augen füllten sich mit Tränen, und vielleicht kam es daher, daß Jim sich in Nick verwandelte oder Nick in Jim, was machte das schon aus, und daß du sein Hemd aufknöpftest, vorsichtig, einen Knopf nach dem anderen, als zögest du ein Kind aus, und dann dich selbst und ihn auf dich zogst. Und, hatte Nick gefragt. Und du hattest den Kopf auf dem Kissen neben ihm hin und her geschüttelt, als wolltest du dir diesen Gedanken aus dem Kopf schlagen. Ich weiß es nicht, ich habe nie mehr etwas von ihm gehört. Und Nick hatte dieses schreckliche Wort gemurmelt. Vermißt. Nicht weinen. Er hatte sie getröstet, damals und die Tage und Nächte danach. Ein überragender Liebhaber war er nicht. Dafür trank er zuviel. Aber er war lieb, Nick, er hörte zu. Ja, er war lieb zu ihr gewesen.

Mit einem Klick kehrte der Tonarm in seine Ausgangsposition zurück. Sie schaltete den Verstärker des Plattenspielers aus und ging in die Küche. Sie hatte Durst. Das kam vom Kognak.

Sie begann sich auszuziehen. Ende August war Nick gegangen. Zurück nach New York, sagte er. Spielen, komponieren. Aber er war in Kopenhagen hängengeblieben. Sie konnte sich vorstellen, wie.

Als sie im Bett lag, begannen die Wände sich zu bewegen. Sie trank sonst nie. Die Kognakflasche hatte über ein halbes Jahr unangerührt in der Küche gestanden.

Ich wollte, es würde dunkel, dachte sie. Die Wände bewegten sich in die andere Richtung. Ich muß mich konzentrieren. Sie schob die Hand zwischen die Schenkel und versuchte an Nick zu denken. Das Merkwürdige war, daß ihr das nicht gelang. Erst sah sie Jimmys Gesicht, und als sie schließlich kam, hing das müde große Gesicht Jakob Olsens wie eine wehmütige Maske vor ihr in der Luft.

13

Jakob Olsen ging, die Hände in den Taschen, Richtung Küste. Er hatte gerade auf seine Armbanduhr geschaut. Es war elf Uhr gewesen. Eine Uhr war hier in dieser Jahreszeit unentbehrlich.

Zu beiden Seiten der Straße wuchsen kleine purpurrote Blumen, die fünfgliedrigen, harten Kelchblätter weit geöffnet. Bis hinauf zur steilen Bergwand kletterte die niedrigwüchsige Pflanze mit dem passenden Namen Steinbrech oder *Saxifraga oppositifolia*. Er kannte den lateinischen Namen, weil er die Pflanze vor ihrem Sommerhaus bei Helsingør in einem kleinen Blumenbeet eigenhändig gesät hatte. Innerhalb eines Monats blühte sie auf und war auch wieder verschwunden. Eines Tages sah man hinaus, und es schien, als wäre das purpurne Beet reine Einbildung gewesen.

Es war elf Uhr vorbei, aber überall hörte er noch Kinderstimmen. Zwei pechschwarze Raben sahen ihn von einem Zaun mit schiefgelegten Köpfen an. Hinter dem Zaun lag ein kleiner Acker mit so hohem Korn, wie er es in Dänemark noch nie gesehen hatte. Er schlug nach einer Mücke auf seiner Stirn.

Er würde einen Bericht abfassen und unabhängig davon vielleicht eine Empfehlung. Er hatte den Auftrag übernommen. Es war Teil seiner Tätigkeit, doch in diesem Moment kam er sich wie jemand vor, der nach einem Stück Seife in der Badewanne greift. Man bekam es nicht zu fassen, und während man vergebliche und etwas lächerlich wirkende Versuche in der Wanne unternahm, sah man, wie das Wasser von dem sich auflösenden Seifenstück langsam undurchsichtig wurde.

Über einem moorbraunen Stück Land mit niedrigen Sträuchern und Pfützen wogte eine dunkle Wolke dicht über dem Boden langsam auf ihn zu. Die Wolke wogte nicht nur, sondern bewegte sich auch von ihrer Mitte aus, als atmete sie. Neugierig blieb er stehen und sah zu, bis sie ihn plötzlich von allen Seiten summend und stechend einhüllte. Er spürte die Mücken in den Ohren, im Mund und begann, mit wild fuchtelnden Armen die Straße in Richtung der nächstgelegenen Häuser entlangzurennen. Die Mücken folgten ihm nicht. Einen Augenblick nur war er Teil des Weges gewesen, dem sie folgten, eingebettet in das geheimnisvolle Ziel ihres Schwärmens.

Keuchend blieb er vor dem ersten Haus auf der Straße stehen. Zwei Grönländer saßen auf der Treppe vor ihrem Haus und sahen ihn an, ohne einen Gesichtsmuskel zu verziehen. Ein Mann und eine Frau, nebeneinander; der Mann in einem buntkarierten Hemd, die Frau mit knallrot leuchtendem T-Shirt, auf dem in weißen Buchstaben das Wort »Tigers« stand. Der Mann trank von Zeit zu Zeit einen Schluck Bier aus einer Dose, die zwischen toten Eiderenten vor seinen Füßen stand. Die Vögel lagen mit seitwärts abgeknickten Hälsen in einer Reihe auf den Treppenstufen. Ihre Deckfedern, sonst in den Farben schimmernd, die man auch in einer Benzinlache beobachten kann, waren jetzt schmutzigbraun, als hätten sich die Tiere durch Torfstreu bewegt und dabei die Hälfte ihrer Federn eingebüßt.

Jakob Olsen ging weiter. Er kam am Geburtshaus von Knud Rasmussen vorbei, Grönlands treuem Sohn. Die aufgetürmten Bierdosen waren verschwunden. Überall sah man sie in Jakobshavn. Noch nicht so zahlreich wie Mücken, aber immerhin. Im Supermarkt war eine ganze Wand bis obenhin mit Tuborg- und Carlsberg-Dosen vollgestapelt. Goldbraune und grasgrüne Dosen, die man überall um die Häuser und dazwischen leer und zertreten fand.

Er kam an ein paar niedrigen, im Wind schiefgewachsenen Weiden vorbei. Die kleinen Blätter hingen schlaff herunter. Erst an der Kirche, dicht am Meer, spürte er, daß die Luft über ihm doch in Bewegung war.

Hinter der Kirche mit dem blauen Glockenturm hockte der Küster mit einer Hacke zwischen den Steinen in seinem Garten. Der Mann grüßte ihn mit der freien Hand. Jakob Olsen grüßte zurück, mit schwungvoller Armbewegung, als würde er den Küster schon jahrelang kennen, und ging dann auf ihn zu.

Jens Friberg hieß der Küster. Sie waren ungefähr im selben Alter. Auch Jakob Olsen stellte sich vor, doch das erwies sich als unnötig. Der Küster wußte genau, wer er war und was er in Jakobshavn vorhatte. Er fragte, ob der Richter vielleicht Lust auf einen Schnaps habe.

Es war natürlich schlecht für seinen Magen, aber er willigte ein. Es tat ihm gut, mit einem gleichaltrigen Landsmann zu sprechen, auch wenn der Küster von Rechtsdingen wahrscheinlich wenig Ahnung hatte.

Sie gingen zu der himmelblauen Veranda vor dem Haus. »Meine Frau schläft schon«, sagte der Küster und warf die

Hacke hin. Er hatte breite, furchige Hände. Die Linien in seinen Handflächen waren schwarz von der Erde. Der Küster hatte hellblaue Augen, mit denen er jetzt zum Himmel über dem Meer blickte.

»Das Wetter schlägt um«, sagte er. Er ging durch eine Fliegentür ins Haus. Auf der Veranda hing ein durchdringender Zitronengeruch. Dem Himmel war nichts Besonderes anzumerken. Aber die Insel Disko, die er am Morgen noch als hubbelige Narbe am Horizont hatte liegen sehen, war verschwunden. Dicht vor der Küste dümpelten Hunderte von Eiderenten zwischen den Felsen. Sie mußten in der Mauser sein. Sie sahen genauso aus wie ihre toten Kollegen zu Füßen des Grönländers.

Der Küster kam mit einer Flasche und zwei Gläsern aus dem Haus. Sie setzten sich an den Holztisch auf der Veranda. Der Tisch wackelte. Der Richter bückte sich und suchte nach etwas, das er unter das Bein vor seinen Füßen schieben könnte.

»Was man auch macht«, sagte der Küster, »es ist für die Katz. Alles ist schief. Muß jemand mit Gleichgewichtsstörungen gebaut haben, glaube ich.« Er goß vorsichtig ein. Die Flasche trug kein Etikett. Der Branntwein war so stark, daß Jakob Olsen kurz die Mundwinkel verzog.

Der Küster grinste. »Selbstgebrannt«, sagte er. »Zu stark? Einen Moment.« Er ging wieder ins Haus. Der Küster trug die gleichen Stiefel wie der Grönländer mit den toten Enten, Kamikken aus Seehundleder mit Innenstiefeln, zwischen die man im Winter Heu gegen die Kälte stopfen konnte. Daher hörte man seine Schritte auch kaum. Er kam mit einem hohen Glas und einem Eisbehälter aus Kork zurück, goß den Schnaps in das Glas und gab ein paar mattweiße Eiswürfel hinein, die in dem Moment zu zischen begannen, in dem sie mit dem Alkohol in Berührung kamen.

Jakob Olsen blickte neugierig in sein Glas.

»Die hacke ich eigenhändig von einem Eisberg runter«, sagte der Küster. »Hier laufen sich immer mal ein paar zwischen den Felsen fest, direkt vor der Kirche.«

Als Jakob Olsen einen Schluck nahm, fühlte er die Luftbläschen an den Lippen prickeln, kleine aufspringende Windbläschen.

»Die Luft könnte ein paar tausend Jahre alt sein«, sagte Jens Friberg. »Es gibt jetzt sogar eine kleine Fabrik dafür. Da zerhacken sie dafür geeignete Eisberge in Stücke, die dann eingefroren und exportiert werden. Man muß nur auf die Idee kommen.«

Hinter einem weit ins Meer ragenden Felsen schoben sich zwei Eisberge ins Blickfeld. Sie sahen schweigend zu, wie das Smaragd sich langsam in ein leuchtendes Orange verwandelte, als wäre irgendwo am Himmel ein unsichtbarer Beleuchter am Werk. Von Zeit zu Zeit schlugen sie nach den sie umschwirrenden Mücken.

»Vorhin war ich mitten in einer Wolke aus diesen Biestern«, sagte Jakob Olsen.

Der Küster brummte etwas. Er hatte Olsen gehört, aber er dachte nach. »Der Pastor sagt, die Natur ist ein Wunder Gottes«, erklärte er schließlich. »Aber bei manchen Dingen versteh ich's nicht. Bei Mücken zum Beispiel. Mücken und Kälte, zwei Plagen, die es nie zur gleichen Zeit gibt, sagt man hier.«

»Man kann an Gott glauben und trotzdem den Nutzen von Mücken anzweifeln«, meinte Jakob Olsen und erhob sich.

»Ich bezweifle, ob sich das mit den Ansichten unseres Pastors vereinbaren läßt.« Der Küster blickte zum Himmel über dem Meer.

»Wir bekommen anderes Wetter«, sagte er noch einmal. »Ich seh's dem Hund an.« Er zeigte auf einen schwarzgefleckten Schlittenhund, der in einer Verandaecke halb hinter einer umgedrehten Waschschüssel verkrochen schlief. »Wenn es kälter wird, rollen sie sich zusammen. Im Winter liegen sie mit der Schnauze unter dem Schwanz da, wie eine gespannte Uhrfeder.«

Der Küster winkte ihm, vor seiner Flasche Selbstgebranntem sitzend, nach.

Jakob Olsen spazierte über knirschenden Splitt zum Hotel zurück. In der Ferne war der Himmel grau wie Zinn geworden. Vielleicht hatte der Küster doch recht.

In seinem Zimmer zog er den Brief an Inge hervor. Er las ihn durch und blickte dann vor sich hin. Er dachte an Inge, aber er sah das Gesicht von Lina Krog. Oder eigentlich sah er nicht ihr Gesicht als Ganzes, er sah Teile davon. Die Spalte zwischen den Schneidezähnen, ihre Rückenwirbel unter der weißen Bluse, angespannt, als erwarte sie einen Schlag.

Er zog die Akte aus seiner Tasche, blätterte darin und nahm ein Blatt heraus. Fotos von Jón Eira. Eins von vorn, zwei von der Seite, im Gefängnis von Kolding gemacht. Er betrachtete sie lange. Jón Eira ähnelte dem Grönländer mit den Kamikken und den toten Eiderenten auf der Holztreppe vor seinem Haus.

Er steckte die Akte weg und schob auch den Brief an Inge wieder in die Mappe zurück. Zwölf Uhr, aber noch kein Anzeichen von Müdigkeit. Dann eben noch einen Schnaps. Er war ja ohnehin schon auf dem schlechten Weg. Erst Kognak, dann Branntwein. Und jetzt noch einen Whisky in der Bar.

14

Als Jakob Olsen die Hotelbar betrat, klappte Nick Morello gerade den schwarzschimmernden Klavierdeckel zu. In einer Ecke am Fenster saß ein rothaariger Mann an einem Tisch mit leeren Gläsern und sah hinaus. Hinter der Bar stand niemand.

»Geschlossen«, sagte der Pianist und breitete die Hände aus.

Jakob Olsen sah auf die tiefhängenden, moosgrünen Billardlampen, die peinlich genau ausgemalten Stiche tropischer Blumen und Pflanzen an den holzgetäfelten Wänden der Bar. Der rothaarige Mann starrte in seinem karierten Hemd immer noch regungslos vor sich hin.

»Laß uns mal im Club Twenty-eight reinschauen«, sagte Morello.

»Wo ist das?« fragte Olsen, während er hinter Nick Morello die Bar wieder verließ.

In der Halle drehte Morello sich plötzlich um. Jakob Olsen prallte beinahe auf ihn.

»Mein Zimmer. Da findet sich immer irgendwas Flüssiges.« Nick Morello legte einen Finger auf die Lippen, drehte sich um und schlich klein, gebückt und mager wie ein Hoteldetektiv aus einem schlechten Film über den Gang. Jakob Olsen meinte in der Ferne das dumpfe Donnern von Wellen an die Felsen zu hören.

Nick deutete auf den einzigen Stuhl am Fenster. Er verschwand im Bad und kam gleich darauf mit zwei Gläsern Whisky zurück.

»Dimple?« fragte Jakob Olsen.

»Leider nein«, sagte Morello. »Nur Ballantine's.«

Der Pianist setzte sich auf das große Bett mit der ockerfarbenen Überdecke und kreuzte die Beine. Er erhob sein Glas.

»Das wird ein harter Tag morgen«, sagte er. Er deutete auf die vorbeiziehenden Nebelschwaden vor dem Fenster. »Morgen wird nicht geangelt. Das bedeutet, daß die ganze

Mannschaft schon um zwölf Uhr in der Bar rumhängt. Sobald mehr als fünf Gäste da sind, muß ich spielen. So lautet die Abmachung.«

Er nahm einen Schluck. »Wie war's bei Lina Krog?«

»Du kennst sie?«

»Es wundert mich, daß sie noch hier ist«, sagte Morello. »Voriges Jahr um diese Zeit war sie fix und fertig.«

»Jetzt eigentlich gar nicht«, sagte Olsen. »Sie machte auf mich zumindest einen völlig normalen Eindruck.«

»Sie ist jetzt auch nicht mehr in dieser Schule«, sagte Morello. »Das war nichts für sie. Sie nahm sich alles viel zu sehr zu Herzen.«

»Der kleine Junge, der Selbstmord beging?« fragte Olsen.

»Nicht nur das. Sie hat ein paar Jahre in New York gelebt. Das läßt einen nie mehr los.«

»Verheiratet«, mutmaßte der Beobachter.

»So gut wie«, sagte Nick.

Jakob Olsen nickte. Zum erstenmal, seit er hier war, befanden sie sich jetzt in einer Art Dämmerung. Ihm war nie bewußt gewesen, wie sehr der Mensch an der Dunkelheit hängt.

»Die schlimmste Zeit meines Lebens hab ich dort erlebt«, sagte Nick Morello. »In New York. Ewig dieser Gestank von faulendem Müll und nassem, verkohltem Holz. Tag und Nacht Polizeisirenen. Gitter vor den Fenstern. Türketten und Doppelschlösser. Kein Fensterrahmen, an dem noch Farbe war. Stille mußte man im Wörterbuch suchen. Und gegen Abend glitzerte die ganze Straße von Glasscherben. Und dann kam Joseph Tell mit seinem ausgefransten Bart und stieg auf eine Mülltonne und hielt im Suff 'ne Rede an die blinde Mauer mit den ganzen Rauchabzügen. Jeden Abend von neuem. Über Nietzsche. Oder über den Einfluß des chassidischen Judentums auf die Salamiherstellung. Und überall kleine Jungs beim Basketballspielen oder Zündeln auf unbebauten Grundstücken oder in ausgebrannten Autowracks zwischen den Häusern.«

»Das klingt fast wie eine Liebeserklärung«, stellte Jakob Olsen lächelnd fest.

»Ich begreife auch nicht, wie ich mich nach diesem Trümmerhaufen zurücksehnen kann«, sagte Morello. »So gefroren wie da habe ich hier noch nie. Wie kann man bloß Heimweh haben nach einem Ort, wo man nichts war, niemand?«

»Mitunter kann dieses Gefühl ganz angenehm sein«, sagte Olsen.

Nick Morello schüttelte den Kopf. »Dort nicht. Man muß dagewesen sein, um es zu verstehen«, sagte er.

Jakob Olsen stand auf. »Danke für den Whisky«, sagte er.

»Der schmeckt hier jedenfalls genausogut wie dort«, sagte der Pianist, während er sich vom Bett erhob und Jakob Olsen die Tür mit übertrieben galanter Geste aufhielt.

15

Nick Morello ging ins Bad, griff sich die braune, rechteckige Flasche aus dem zur Hälfte mit Wasser gefüllten Waschbekken und nahm einen Schluck.

»Danke für den Whisky«, sagte er zu seinem Spiegelbild. Mit der Flasche ging er wieder ins Zimmer, knipste das Licht an und zog die Gardinen zu. Er setzte sich auf den Stuhl, der noch warm war von Jakob Olsens Körper, und schaute sich in dem Hotelzimmer um, wo außer seiner schlaffen blauen Reisetasche auf dem Boden nichts auf seine Anwesenheit hindeutete.

Ein Lied für Lina Krog. Er grinste und nahm noch einen Schluck, hörte den Whisky in der Flasche gluckern und stellte ihn schnell neben sich auf den Boden, außer Sichtweite. Ich höre etwas anderes. Wie oft hatte er das zu Musikern gesagt, wenn er aufgefordert wurde, seine Kritik mit eigener Musik zu untermauern. Und verdammt, anfangs, an diesem alten französischen Klimperkasten in der St. Marck's Street, schien er auf dem richtigen Weg. Manchmal, für einen Moment, schien es einen Ausweg aus all diesen abgedroschenen Klischees zu geben. Er trommelte mit den Fingern der rechten Hand auf der Stuhllehne. Ein Lied. Er würde, verdammt noch mal, eine Melodie schreiben. Direktemang aus dem Mülleimer seines Herzens. Vielleicht verstand sie ja nichts davon, aber sie hörte ihm wenigstens zu. Er hatte ihr diese Platte geschenkt wegen dieses einen Akkords. Der kam gleich nach dem Trompetensolo von Joe Glazier. Er stand auf, ging an den Kleiderschrank und holte seinen Recorder heraus. Er ließ das Band zurücklaufen, sah auf die kleinen weißen Zahlen des Zählwerks und drückte dann auf die Stopp- und danach auf die Starttaste. Erst kam diese Wahnsinnslinie von Glazier, im hohen Fis endend, und rums, da war es! Er stoppte das Band und griff mit seiner kleinen linken Hand den Akkord. Einen Moment lang hing er da vor ihm, wie ein Mobile in der Luft. Er winkte ab.

Rausschmeißen. Ihr spielt alle viel zuviel Noten. Diese ganzen Art Tatum-Schnörkel, die Bud Powell-Wutausbrüche. Wißt ihr überhaupt, was das bedeutet: einen einzigen Akkord anschlagen und ihn ersterben zu lassen? Ja, mit so was mußte man einem Schlagzeuger gerade kommen. Dieses Gehämmere hinter dem Rücken, das war nicht mehr auszuhalten. Diese Scheißklaviere und dieses Gequassel auch nicht. Oft konnte man nicht einmal seine eigenen Töne hören. Dem Publikum war's sowieso scheißegal. Hauptsache, man war in einem Schuppen, wo Jazz gespielt wurde.

Neulich hatte er ein paar Grönländer singen hören. Eine Dreiviertelstunde lang hatte er dagesessen und zugehört. Drei Typen vor der Post. Alle drei voll, ihn selbst nicht mitgerechnet. Einer, der dickste, sang etwas in ihrem komischen Kauderwelsch, und die beiden anderen gaben so was wie eine Antwort drauf, eine schwermütige, bekräftigende Klage. Weg mit dem ganzen harmonischen Scheiß. Nur noch einen einzigen Ton, wie bei den dreien. Ayayay.

Leise sang Nick Morello auf seinem Stuhl vor sich hin. Mit einem Klavier darf man alles anstellen, außer drauf spielen. Er nahm noch einen Schluck, einen kleinen, um seine Gedanken abzurunden. Auch falsch. Es gab nichts abzurunden. Das dachte dieser Olsen auch. Nannte sich selbst Beobachter. Das einzige Hindernis für einen Beobachter ist, daß er selbst beobachtet. Ich denke, also bin ich nicht. Klang verdächtig tiefsinnig. Wird er wohl irgendwo gelesen haben, unten in der Buchhandlung. Sehr gut, daß er dieses französische Klavier zerlegt hatte. Das ganze Innenleben raus und die Bücher rein. Nur noch eine Tastatur. Gleich keinen Ärger mehr mit den Nachbarn. Ich halte mich technisch fit und warte ab. Das hatte er eines Abends zu Hank Jones gesagt. Besoffen natürlich, sonst hätte er sich so etwas nie getraut. Jones, prima Pianist, dufter Boß, spielte immer, als säße er auf dem Pott, platsch, alles auf einmal raus. Spülen und weg. Wenn man sich nur von Möhren ernährt, kommt der Moment von ganz allein, an dem deine Scheiße orange wird. Stil wurde so was dann genannt. Persönlichkeit. Faulheit war das, nichts als Faulheit. Ein Lied. Die denken, das läuft so: ein Akkord, und schon kommt der Rest von selbst, aber von selbst kommt gar nichts, und wenn doch was von selbst kommt, taugt es nichts, nicht die Bohne.

»Nicht die Bohne«, sagte er laut, »nicht die Bohne.«

Nun war zu wenig Whisky übrig, um ihn bis morgen aufzubewahren. Er hielt die Flasche vors Gesicht. Dieser Olsen war vielleicht ein Säufer, Mann. Glaubte wohl: fern der Heimat, keine Aufpasser. Und derweil Lina vollquasseln.

Aber er würde diesen Song für sie schreiben. Egal, was passiert.

Er begann wieder zu summen. Ayayay. Gab es etwas Schöneres als das? Ayayay. Okay, für sie würde er die Stille unterbrechen. Aber nur unter einer Bedingung. Seine Hand ließ die Flasche los. Mühsam stand er auf. Sein Zeigefinger stach in die Luft. Eine Bedingung.

»Wir gehen zurück, du und ich. Zusammen. Wir spielen denen in New York City mal vor, was wir hier zwischen den Eisbergen noch drauf haben.«

»Du und ich«, murmelte er und fiel längelang auf das Bett.

Freitag, 4. Juli 1975

1

Jakob Olsen wurde von einem metallischen Ticken im Heizkörper unter dem Fenster wach. Kärgliches Licht drang durch die Vorhänge. Das Wetter mußte sich aufgeklart haben. Er griff zum Telefon und bestellte Frühstück.

Er horchte auf das Ticken. Als ob jemand im Zimmer nebenan mit einem Kaffeelöffel an ein Rohr schlug. Wie in einem Gefängnis. Als es für kurze Zeit verstummte, hörte er ein anderes Geräusch: ein langsam anschwellendes und dann wieder abebbendes heulendes Pfeifen.

Er stand auf, zog den schwarzen Samtmorgenmantel an und schob die Vorhänge zurück. Er blinzelte in den blankgefegten Himmel und die regungslose Sonne, ein Loch im Himmel. Das Meer vor den Felsen war übersät mit kreuz und quer hüpfenden Schaumkronen. Eine langgezogene Entenformation kämpfte sich braun und flügelschlagend gegen den Wind auf die Bergwand zu, die wie der faltenreiche Rücken eines Elefanten aufragte. Jakob Olsen krallte die Zehen in den Teppich. Nirgendwo auf dem Meer waren Eisberge zu sehen. Ein kleines olivgrünes Holzhaus ohne Fenster, vielleicht ein Lagerschuppen oder Bootshaus auf einer vorstehenden Felsspitze, glänzte vor Feuchtigkeit und verschwand von Zeit zu Zeit in aufsprühenden Fächern aus Wassertropfen.

Jakob Olsen war das Meer gewohnt. Gleich außerhalb von Helsingør hatte er ein Ferienhaus an der Küste. Aber dies hier war etwas anderes. Das Meer, die Felsen, die durch die Luft rudernden Enten mit ihren kerzengerade vorgereckten Hälsen. Und dann dieses klägliche Heulen des Windes, der Bierdosen, Pappkartons und große Fetzen schmutziggrauer Plastikfolie zwischen den Felsblöcken über das kurze Gras vor sich hertrieb. Diese Landschaft verschloß sich ihm. Hermetisch. Wie eine Tür. Er drehte sich um. Einen Augenblick lang dachte er an Ole, der von nun an nur noch als Erinnerung existierte. Ein Häufchen Asche, das von einem Flugzeug aus über dem Meer verstreut wird. So hatte er es gewollt. Da stehst du nun, Jakob Olsen. Und noch kein Wort zu Papier gebracht, keinerlei Zugang gefunden. Er mußte gleich mal den Bürgermeister anrufen.

Es klopfte. Er ging zu der glatten dunkelbraunen Tür und ließ Jan Bastiansen ein. Es gehörte nicht zu den Gepflogenheiten des Hotelbesitzers, das Frühstück eigenhändig auf die Zimmer zu tragen, dafür hatte er sein Personal, doch für den Richter machte er eine Ausnahme. Jakob Olsen war sein wichtigster Gast, und außerdem war Jan Bastiansen neugierig. Deshalb erkundigte er sich, ob er zum Abendessen mit dem Richter rechnen könne.

»Ich glaube nicht«, sagte Olsen. »Ich will zusehen, daß ich heute nach Godthåb komme.«

Die beiden Männer standen beim Schreibtisch und schauten auf den harten, leeren Himmel.

Jan Bastiansen schüttelte den kahlen Kopf. Er roch penetrant nach After-shave. »Bei Windstärke acht läuft niemand aus«, sagte er.

»Und ein Hubschrauber?«

»Auch nicht. Beim Fjordeingang ist die Gefahr von Fallwinden zu groß. Bevor man weiß, wie einem geschieht, knallt man da gegen die Felswand.«

Jakob Olsen seufzte. »Für Sie also kein schlechter Tag«, sagte er.

Der Hotelbesitzer zog die Augenbrauen hoch.

»Leute, die nicht zum Angeln können, sehnen sich trotzdem nach etwas Feuchtem.«

Jan Bastiansen lachte. »Könnte hinkommen«, sagte er.

Nach dem Frühstück rief Jakob Olsen Bjørn Pedersen, den Bürgermeister von Jakobshavn, an. Der Bürgermeister sagte, daß Jakob Olsen nicht nach Godthåb brauche, Marius Sivertsen komme zu ihm. Heute? Noch heute.

»Ja, wie denn?«

»Mit dem Hubschrauber«, sagte der Bürgermeister.

»Ist das denn nicht gefährlich bei Windstärke acht?«

»Neun«, sagte der Bürgermeister. »Ach, nein. Es ist ein Hubschrauber der amerikanischen Luftwaffe. Doppelt so groß wie der der Grønlandsfly. Wir hätten auch gern solche, aber sie sind für uns zu teuer.«

»Das ist sehr nett von Sivertsen«, sagte Olsen.

»Sie sehen, wir tun hier alles, um es Ihnen recht zu machen.«

Der Bürgermeister schlug vor, daß Olsen um vier Uhr ins Rathaus kommen solle; dann sei Sivertsen sicher da. Und ob er anschließend zum Essen bleibe? Dann würde er jetzt seine Frau anrufen.

Jakob Olsen nahm ein ausgedehntes Bad. Er hatte jetzt schließlich Zeit. Das war ihm lange nicht mehr passiert. Trotz seines Alters arbeitete er den ganzen Tag und oft auch noch abends, während Inge Musik hörte oder in einer Ecke des Zimmers raschelnd die Seiten eines Romans umblätterte. Manchmal sahen sie sich kurz an, schweigend, und dann lächelnd. Wir sind wie zwei Schaffner ohne Dienstplan, hatte er einmal zu ihr gesagt, kurz nachdem ihr zweiter Sohn, Edwin, aus dem Haus gegangen war. Es war eine Umstellung für sie. Er hatte gemerkt, daß der größte Teil dessen, was Inge sagte, an Edwin gerichtet gewesen war. Lange Zeiten der Stille hatte es gegeben, die aber bald mit Musik, dem Umblättern von Seiten und dem Geräusch seines Füllhalters am Rand von Berichten und Prozeßakten gefüllt wurden.

Er rasierte sich sorgfältig. Auch Olsen benutzte ein Aftershave, wenngleich längst kein so penetrantes wie das des Hotelbesitzers. Er mochte keine aufdringlichen Gerüche. Auch nicht bei Frauen. Er zog seinen dunkelgrauen Anzug und ein weißes Hemd an. Schwarze Krawatte. Schließlich ging er zum Bürgermeister. Und zum Untersuchungsrichter von Godthåb, Marius Sivertsen.

Am Schreibtisch sitzend, las er einige Passagen des Berichts noch einmal durch. Auf einem Extrablatt machte er sich Notizen. Der Brief an Inge lag noch immer in der Schreibmappe. Den würde er heute abend nach dem Besuch beim Bürgermeister zu Ende schreiben und abschicken.

Ihm waren auf den vielen Seiten, auf denen die Vernehmungen des Untersuchungsrichters in vollem Wortlaut wiedergegeben waren, einige Dinge aufgefallen, die er jetzt untereinander auf einen weißen Briefbogen schrieb.

Zum Beispiel, daß die Grönländer, wie sie in dem Bericht immer genannt wurden, sich selbst nie beim Namen nannten, nicht einmal von »ich« sprachen, sondern von »Menschen«. Die Menschen glauben, die Menschen sagen. Deshalb stand auch immer der Name desjenigen in Klammern daneben, der gerade sprach. Dadurch wurde der Bericht schwer lesbar. Man konnte sich nur schlecht eine Vorstellung vom Verlauf der Vernehmungen machen.

Und dann die Häufung des Wortes »vielleicht« in den Antworten der Grönländer. »Vielleicht« und »ich weiß es nicht«. Als litten sie an einer kollektiven Gedächtnisstörung.

Marius Sivertsen hatte sämtliche Vernehmungstechniken angewandt. Ein paarmal war er offenbar ziemlich böse geworden, als widersprüchliche Erklärungen über die Art und Weise abgegeben worden waren, wie die Bewohner von Eqe den Beschluß gefaßt hatten, daß Jón Eira seine Großmutter töten sollte. Jakob Olsen konnte sich Sivertsens Gereiztheit gut vorstellen. Nicht, daß die Grönländer absichtlich logen, aber sie schienen nicht das geringste Interesse an einer präzisen Beschreibung dessen zu haben, was im einzelnen an jenem Tag geschehen und gesagt worden war. Ausführliche Beschreibungen des Wetters, der Windrichtung, der Dicke des Eises und der Schärfe des Messers (das von Jón Eira an einer alten Robbenhaut ausprobiert worden war), aber sowie es um diesen Beschluß ging, verschwand alles im Nebel vager Andeutungen mit viel »*imera*« und »*upa*«, ihren Worten für »ich weiß es nicht«, »vielleicht«.

Und Jón Eira selbst. Der drückte sich auch nicht gerade klar aus. »Es wurden einige Worte in die Luft gesprochen«, stand da. Darauf Sivertsen natürlich: Was für Worte denn? Worauf Eira gesagt hatte: »Worte bringen Bewegung, sie bringen Ruhe, Worte erzählen die Wahrheit, und Worte erzählen Lügen.«

Jakob Olsen mußte lachen, als er diese Passage las. Ein Untersuchungsrichter, der einem Dichter auf den Zahn fühlt. Denn so sah es aus. Als betrachteten die Grönländer das Geschehene als Geschichte. Es spielte keine Rolle, wie und in welcher Reihenfolge die Ereignisse sich zugetragen hatten. Es war schließlich passiert, aus und vorbei, und damit Stoff für eine Geschichte geworden. Eine Frau war ein *angagók* geworden. Die Menschen hatten den *angagók* getötet. Nein, Jón Eira, warf Marius Sivertsen ein. Die Menschen, die Jón Eira sind, lautete die unerbittliche Antwort.

2

Er steckte das Blatt mit den Anmerkungen in seine Innentasche, legte sich einen Schal um und zog dann den Mantel an. Er hatte Lust, durch den Wind zu laufen. Außerdem hatte Jan Bastiansen ihm geraten, sich wie die anderen Hotelgäste im Supermarkt eine Sonnenbrille zuzulegen. Sonst bekommen Sie über kurz oder lang Ärger mit den Augen, hatte er gesagt. Die Sonnenbrillen der Hotelgäste waren groß und grellfarbig. Amerikanischer Import wahrscheinlich. Er selbst mußte zusehen, daß er ein weniger auffälliges Modell fand.

Man konnte sich fast gegen den Wind lehnen. Er setzte die Schuhe quer auf die Straße und ging breitbeinig, mit einer Art übertriebenem Seemannsgang, in den Ort.

Eine Gruppe dieser sogenannten Sommermänner war dabei, einen umgestürzten Bretterstapel auf verschiedene kleinere Stapel zu verteilen. Sie hatten die Lederriemen ihrer gelben Sicherheitshelme jetzt fest unter dem Kinn angezogen. Die Kinder waren in der Schule. Auch die Hunde verhielten sich ruhig und verkrochen sich an den Betonsockeln der Häuser an möglichst windgeschützte Stellen. Hoch über der Sonne zogen zerfetzte Wolken in Richtung zugefrorenes Inland.

Er sah zu der grauen Bergwand, die ihn am Morgen, als er gerade wach geworden war, an den Rücken eines Elefanten erinnert hatte, nun aber wieder nichts als ein Basaltgebirge war, über das Hunderte von Eiderenten in langgezogenen Formationen hinwegflogen, als wären sie auf der Suche nach einer Öffnung, einem Fleck, an dem sie sich gegen den vom Meer heranbrausenden Wind schützen konnten.

Im Supermarkt kaufte er die am wenigsten auffallende Brille, die er finden konnte. Sie war natürlich die teuerste. Er setzte sie auf. Durch die braungetönten Gläser sah er sich um. Das Licht war jetzt weich, und die gedämpfte Musik von der Decke bewirkte, daß all diese grönländischen Frauen mit ihren Einkaufswagen wie Fische durch ein Aquarium glitten, sich auf dem Fliesenboden geräuschlos auswichen oder plötzlich die Richtung änderten, wenn irgendeine farbenfrohe Verpackung ihre Aufmerksamkeit auf sich zog. Viele Frauen hatten kleine Kinder bei sich, die in bunten Jäckchen und Mützen vorn in den Wagen saßen, einen Lutscher oder eine Chipstüte in den kleinen Händen.

An der Kasse deutete er auf die Brille auf seiner Nase. Die junge Grönländerin schüttelte kichernd ihr rabenschwarzes glattes Haar und streckte die Hand nach seinem Gesicht aus. Er setzte die Brille ab und sah, weshalb sie lachen mußte. Das Mädchen entfernte das weiße Preisetikett vom Brillenbügel. Er setzte die Brille wieder auf und lachte mit ihrem ansteckenden großen Mund und den kleinen kastanienbraunen Augen mit. Er spürte die Kuppen ihrer glatten, spitzen Finger für einen Moment über seine Handfläche streichen, als sie ihm das Wechselgeld gab.

Neben der Eingangstür saß eine alte Frau mit kleinem, rundem Kopf, wie eine antike Vase mit nadelfeinen Rissen überzogen, neben einem Netz mit weißen Speckstücken. »*Mattak*«, sagte sie mit fragender Stimme. Er schüttelte den Kopf. Kein *mattak*, was immer das sein mochte.

3

Seine neue Sonnenbrille auf der Nase, ging Jakob Olsen vom Platz mit den Geschäften an der Post mit den gelben Briefkästen, zwei für Inlandspost und einer fürs Ausland, vorbei Richtung alter Hafen, wo drei Kutter an der Kaimauer heftig schaukelten. Zwei Hunde liefen hintereinander gegen den Wind. Ihr dunkles Fell stand flatternd in die Höhe. Da sah er Lina Krogs schwarzen Saab vor der ehemaligen Lagerhalle der KGH.

Die Tür stand auf. Er ging den stockfinsteren Gang entlang und drückte die schwere Eisentür vorsichtig auf.

Bis auf einen schwachen Lichtschein auf der Bühne war es

völlig dunkel im Saal. Er erkannte den Schauspieler und die Puppe wieder.

Der Schauspieler, ein gedrungener, bärtiger Mann in den Fünfzigern, lief heftig gestikulierend um den Tisch, hinter dem sich jetzt eine Rückwand befand, ein Kulissenstück, das die Wand einer Blockhütte darstellen sollte. Ein gemaltes Fenster bot Aussicht auf eine leicht vergilbte Schneelandschaft. Links davon eine gemalte Tür mit einem echten Türknauf.

Jakob Olsen tastete sich vor, bis er mit dem rechten Schuh scharrend gegen ein Stuhlbein stieß. Vorsichtig setzte er sich. Erst dann merkte er, daß er die Sonnenbrille noch aufhatte. Er nahm sie ab, klappte die Bügel zusammen und ließ die Brille vorsichtig in die Manteltasche gleiten.

Der Schauspieler blieb plötzlich stehen. Er spielte, daß er draußen ein Geräusch hörte. Mit kurzen, heftigen Schritten trat er an das gemalte Fenster.

»Die erste Schneeammer«, sagte er und drehte sich zu der Puppe um, die mit einer schwarzen Kordhose und einem dicken braunen Pullover bekleidet war. Die Puppe stützte sich mit einem Arm auf die Tischecke.

»Die erste Schneeammer. Das bedeutet, daß der Frühling im Anzug ist, das Licht; daß es wärmer wird.«

Langsam ging der Schauspieler auf die Puppe zu.

»Das bedeutet, daß du weg mußt, Gustav«, sagte der Schauspieler mit drohender Stimme zu dem unbewegten Schaufensterpuppengesicht. »Du kannst hier nicht länger faul am Tisch rumhocken. Ich schufte mich zu Tode, um alle Füchse aus den Fallen zu holen, die Hunde zu füttern, zu kochen. Und was tust du? Du sitzt da nur rum und grinst dämlich vor dich hin.«

»Gut, Kjell.«

Jetzt sah Jakob Olsen Lina Krogs Silhouette. Sie ging im Dunklen bis an die Bühne.

»Dies ist der Wendepunkt«, sagte sie. »Im Bruchteil einer Sekunde triffst du die Entscheidung. Es gibt nur eine Lösung. Gustav totschießen. Er ist bereits tot, aber du hast so lange getan, als würde er noch leben, daß du dich mit diesem Schuß selbst überzeugen mußt. Außerdem weißt du, daß es jetzt jeden Tag heller und wärmer wird, daß Gustav verwesen wird, sich in eine stinkende Leiche verwandeln wird.«

Der bärtige Schauspieler nickte, während er mit seinen kleinen runden Ohren aufmerksam zuhörte.

»Noch mal den letzten Teil«, sagte Lina. »Ab ›Ich schufte mich zu Tode‹.«

Der Schauspieler rief der Puppe seinen Text noch einmal zu, trat dann wieder ans Fenster und sagte: »Also, dann schau ich mal wieder nach den Hunden.« Er öffnete die Kulissentür und verschwand. Die Tür blieb offen. Langsam schob sich der Lauf eines Jagdgewehrs aus dem offenen schwarzen Loch und richtete sich auf die Puppe am Tisch.

»Jens«, rief Lina aus dem Dunkel. »Achtung!«

Jakob Olsen erschrak. Plötzlich glitt der Arm der Puppe vom Tisch, und der starre Kopf knallte mit dem harten, trockenen Geräusch von Holz auf Holz vornüber auf die Tischplatte. Gleich darauf ertönte ein übertrieben hallender Gewehrschuß aus den Lautsprechern.

Der Schauspieler trat jetzt mit dem Gewehr durch die Tür wieder auf die Bühne. Er ging zögernd auf die vornüberliegende Puppe zu. Den Gewehrlauf hielt er auf den Boden gerichtet.

»Jetzt werden sie mir glauben«, flüsterte er. »Jetzt werden es alle glauben, daß du tot bist, Gustav.«

Der Mann setzte sich auf den Stuhl gegenüber der Puppe, lehnte das Gewehr an den Tischrand und verbarg das Gesicht in den Händen. Das Licht auf der Bühne erlosch langsam.

»Stopp«, rief Lina. An den Seitenwänden des Saals flakkerten nackte Neonröhren auf.

Der Schauspieler stand vom Tisch auf und sah Jakob Olsen im Saal sitzen. Er deutete auf ihn. Lina Krog drehte sich um.

»Ich wußte nicht, daß du so ein Theaterfan bist«, sagte sie, während sie auf ihn zuging.

»Ach, im Moment lungere ich doch nur herum«, sagte er. »Nur deswegen.«

»Nur deswegen«, echote sie ironisch, und einer ihrer Mundwinkel verzog sich zu einem schiefen Lächeln.

»So hab ich's nicht gemeint«, sagte Olsen entschuldigend. »Ich bin mit Sivertsen verabredet, aber er kommt erst um vier.«

Lina Krog nickte. Über ihrer Jeans trug sie einen weiten karminroten Pullover. Ihre Füße steckten in Sportschuhen mit dicken gerippten Sohlen, wie viele junge Grönländer sie hier trugen. Sie drehte sich zur Bühne um.

»Ich hab Lust auf Kaffee. Kommst du mit, Kjell?«

Der Schauspieler saß mit baumelnden Beinen auf dem Tisch neben der Puppe und schüttelte den Kopf.

»Ich will diese letzte Passage noch ein paarmal mit Jens durchlaufen lassen. Wenn das Timing da nicht stimmt, ist alles im Eimer. Wir müssen versuchen, genau den Moment zu finden, in dem er an dem Faden zieht.«

»Wenn du den Gewehrlauf durch die Tür steckst«, sagte Lina, einen Fuß auf der Bühnentreppe.

»Das ist ja gerade das Problem«, sagte Kjell und kratzte sich mit dem Daumen im Bart, genau in der Mitte unter dem Kinn. »Er kann das von seinem Platz aus nicht richtig sehen. Aber wir finden schon eine Lösung.«

»Dann du«, sagte Lina zu Jakob. »Allein Kaffee zu trinken, das hat so was Trauriges.« Sie ging zu einem aufgerollten Feuerwehrschlauch an der Seitenwand, nahm die Lederjacke herunter und schlüpfte mit einer so geschickten, raschen Bewegung ihrer Schultern hinein, daß Jakob Olsen mit seinen höflich ausgestreckten Händen viel zu spät kam.

Sie hielt die Tür der Lagerhalle mit den Schultern für ihn auf. Er blinzelte in das Licht und tastete nach der Sonnenbrille in seiner Manteltasche.

»Ah, teures Stück«, meinte sie, als er die Brille vorsichtig auf die Nase schob.

Die alte runzlige Frau saß noch immer vor dem Supermarkt. Jakob Olsen deutete auf die weißen Speckstücke in dem braunen Netz. »*Mattak*«, sagte er. Die Frau nickte zahnlos grinsend.

Als sie auf der Rolltreppe zur Konditorei über dem Supermarkt standen, fragte er Lina, was das eigentlich sei, *mattak*.

»Walspeck«, sagte sie. »Sie verkaufen das als Leckerbissen. Hast du gesehen, wie schwarz ihre Lippen waren?«

Olsen war es nicht aufgefallen.

»Das kommt vom Kautabak«, sagte sie. »Heutzutage werden ja fast nur Zigaretten geraucht.«

Sie betraten die Konditorei. Parallel zu der Selbstbedienungstheke aus Stahl lief eine Absperrung. An einem Tisch vor dem Fenster saßen zwei junge Mädchen, die Köpfe zusammengesteckt, und unterhielten sich leise.

Die Grönländerin an der Kasse hatte sich ein weißgestärktes Häubchen ins schwarze Haar gesteckt. Sie nickte Lina freundlich zu.

»*Kaffemik*«, sagte Lina und schob ihr Tablett vor.

»Kaffee«, riet Jakob Olsen, während sie mit ihren Tabletts zu einem Tisch am Fenster gingen.

»Kaffeetanten«, verbesserte Lina.

4

Sie rührte in ihrem Kaffee und schaute auf den Platz herunter, wo zwei Frauen vor dem quadratischen Kiosk, Plastiktüten vom Supermarkt in der Hand, ein Schwätzchen hielten.

Ihr Gesicht hat etwas von einem Felsen, dachte Jakob Olsen. Unerbittlich und starr, und um die Augenwinkel weit ausfächernde kleine Rillen, Spuren der Erosion. Er hörte ihre Schneidezähne an den Rand der Kaffeetasse ticken.

»Hoffentlich finden sie eine Lösung für die Schlußszene«, sagte sie, während sie immer noch aus dem Fenster schaute.

»Ich dachte, du bist der Regisseur«, sagte er.

»Ich bin auch nur ein Amateur«, sagte sie. »Weil ich Lehrerin war, glauben die Leute hier, daß ich alles weiß.«

»Du klingst ja auch sehr entschieden, wenn du arbeitest.«

»So klinge ich immer«, sagte sie.

»Ich hab es, glaube ich, nicht ganz verstanden«, sagte Jakob Olsen, während er aufstand und seinen Mantel über die Rückenlehne seines Stuhls legte. »Ein Mann, der einen Toten erschießt?«

»Es ist tatsächlich so passiert«, sagte sie. »Ich hab es aus einem Buch von Peter Freuchen. Vor ungefähr fünfzig Jahren und ein Stück weiter nördlich. Da gab es Trapper, die im Winter jagten. Füchse, Bären, Rentiere. Im Frühjahr wurden sie dann mit ihren Häuten per Boot wieder abgeholt. Es geht um Olav, einen schon etwas älteren Mann. Das ist die Rolle, die Kjell spielt. Sein bisheriger Partner ist tot, und jetzt hat er einen neuen, Gustav. Gustav Krakau.«

»Die Puppe?« fragte Olsen.

»Ja, die Puppe«, sagte Lina. »Aber das wird erst später klar.«

»Entschuldige«, sagte Olsen. »Erzähl weiter.«

»Nun, dieser Gustav ist völlig anders als die Männer, an die Olav gewöhnt ist. Olav ist ein einfacher, ganz auf Jagen eingestellter Mensch. Aber Gustav ist anders. Er nimmt Kisten voll Bücher und Konservendosen mit. Er kocht Gerichte, die Olav noch nie gegessen hat. Und er erzählt ihm von dem, was er liest. Außerdem ist er ein ausgezeichneter Jäger. Zum erstenmal im Leben redet Olav mit jemandem. Dann beginnt der Polarwinter, die ›lange Dunkelheit‹, wie Freuchen sagt. Manchmal sehen sie sich tagelang nicht. Der eine jagt mit seinen Hunden im Norden, der andere im Süden. Als Olav einmal als erster zur Blockhütte zurückkommt und Gustav noch nicht da ist, merkt er, daß er Gustavs Heimkehr herbeisehnt. Er ist ungeduldig, rennt hin und her und blättert in den Büchern, die er nicht lesen kann. Dann passiert es. Interessiert es dich?« fragte sie.

»Bis jetzt sehr«, sagte Jakob Olsen.

»Kurz nach Weihnachten wird Gustav krank. Er kriecht ins Bett, und Olav kocht, so gut er kann, nach den Anweisungen, die Gustav ihm von seiner Pritsche aus gibt. Am nächsten Tag ziehen sie wieder los, jeder in eine andere Richtung. Als Olav nach Hause kommt, sieht er etwas Merkwürdiges, etwas, was nicht stimmt. Er hört Gustavs Hunde toben, aber in der Hütte brennt kein Licht, und aus dem Schornstein kommt kein Rauch.«

»Gustav ist tot«, sagte Jakob Olsen.

»Steif gefroren«, fuhr Lina Krog fort. »Mit angezogenen Knien auf seiner Pritsche. Mit früheren Partnern sprach Olav wenig. Nur das Allernötigste. Über die Fallen, die Hunde, nie über die Dinge, die Gustav zur Sprache gebracht hatte. Philosophie, Physik, Astronomie, Erzählungen, Romane. Er hat sich an Konversation gewöhnt, an Sprache. An Kultur vielleicht. In diesem Moment beginnt mein Stück. Erst spricht Olav mit sich selbst. Aber dann fängt er an, mit dem toten Gustav im Bett zu sprechen. Er weiß, daß das Quatsch ist, aber er tut so, als schliefe Gustav nur. Olav ist allein. Er arbeitet wie ein Wilder, er muß jetzt für zwei arbeiten, und die Hunde müssen zu fressen bekommen. Abends ist er müde und einsam. Kurz und gut, eines Abends holt er den Toten aus dem Bett und setzt ihn gegenüber an den Tisch. Während er ißt, spricht er mit Gustav und gibt sich selbst die Antworten, die Gustav ihm seiner Meinung nach gegeben hätte. Er weiß die ganze Zeit, daß er ein Spiel spielt, aber er weiß auch, daß er wirklich den Verstand verlieren wird, wenn er mit diesem Spiel aufhört.

Olav heizt so wenig wie möglich, aber er kann doch nicht verhindern, daß die Leiche allmählich auftaut. Dann schaufelt er nicht weit von der Blockhütte entfernt ein Grab. Oder besser gesagt: einen Aufbewahrungsort für die Leiche. Eine Grube, bedeckt mit Steinen. Und wieder ist er allein. Er führt Selbstgespräche, spielt die Doppelrolle Gustav und Olav. Nach ein paar Tagen hält er dieses Spiel nicht länger durch. Er holt Gustav wieder heraus und setzt ihn an seinen Platz am Tisch. Dann sieht er die erste Schneeammer.«

Jakob Olsen nickte. Daran erinnerte er sich.

»Okay, den Rest hast du gesehen«, sagte sie. »Das Problem an dieser Schlußszene ist, Olav weiß, daß Gustav Krakau tot ist, er hat seine eigene Phantasie aber so ausgerichtet, daß Gustav gleichzeitig für ihn lebt. Diese Doppeldeutigkeit.« Sie seufzte. »Das kann nur ein wirklich großer Schauspieler, widersprüchliche Gefühle und Emotionen zeigen.«

»Und wie geht es weiter?« fragte Jakob Olsen.

»Mein Stück endet mit dem Erschießen der Leiche«, sagte sie, »aber Freuchen erzählt die Geschichte in der Rückschau. Die Männer, die sie im Frühjahr mit dem Boot abholen wollten, fanden eine Leiche mit halb zerschossenem Kopf unter einem Steinhaufen mit einem Kreuz. Sie nahmen die Leiche und Olav mit nach Hause, wo er einen Tag später verhaftet wurde. Er erzählte dem örtlichen Polizeikommissar seine unwahrscheinliche Geschichte. Der ließ die Leiche obduzieren, wobei sich natürlich herausstellte, daß Olav die Wahrheit gesagt hatte. Aber da war es bereits zu spät.«

»Zu spät?« fragte Olsen. »Wieso?«

»Olav hatte den Verstand verloren. Die lange Polarnacht hatte ihn schließlich doch kleingekriegt. Er starb Jahre danach in einer Anstalt.«

Jakob Olsen blickte hinunter auf den windigen Platz.

»Eine starke Geschichte«, sagte er. »Übrigens, für den Schluß weiß ich vielleicht eine Lösung. Wenn ich sonst auch nichts vom Theater verstehe«, fügte er schnell hinzu.

»Sprich«, sagte Lina Krog.

»Vielleicht zweifelte Olav ja, bis zum letzten Moment. Ob er es tun sollte oder nicht. Sich für die Wirklichkeit entscheiden oder für seine Phantasie. Bis plötzlich der Arm vom Tisch fällt und er gleichzeitig mit den Zuschauern so erschrickt, daß das Gewehr losgeht. Die Zuschauer gucken in dem Moment auf die Puppe. Wenn du es so machen würdest, dann bräuchten der Fall der Puppe und das Losgehen des Schusses nicht gleichzeitig zu erfolgen.«

Lina klopfte ihm beifällig auf die Hand.

»Oh, du hast wirklich Talent«, sagte sie.

»Ein bißchen spät vielleicht«, sagte er. »Was hat dich an dieser Geschichte eigentlich so gereizt?«

»Bei aller Sinnlosigkeit ist es doch eine konsequente Geschichte«, sagte sie und rührte mit dem Löffel in ihrer leeren Kaffeetasse herum. »Menschen sind allein und ertragen dies nicht. Und vielleicht auch, daß Wissen unter bestimmten Umständen unglücklich macht.«

Er bot ihr an, noch eine Tasse Kaffee für sie zu holen. Das heißt, wenn sie Zeit habe. Sie nickte.

»Ich bin gespannt«, sagte er, als er wieder am Tisch saß, »ob Sivertsen mir etwas zu erzählen hat.« Er nahm das Papier mit den Anmerkungen aus seiner Innentasche und wiederholte die Punkte, die ihm beim Lesen von Sivertsens Bericht aufgefallen waren.

»Die Menschen, die Jón Eira sind«, sagte er. »Wie ist das bloß zu verstehen?«

»Wir können zu Nystrup gehen«, sagte Lina. »Da arbeiten sie praktisch alle. Dann kann ich gleich etwas für morgen abend mit ihnen ausmachen. Da proben wir nämlich nicht.«

»Du meinst, du willst sie in den Theatersaal bestellen?«

»Daran hatte ich noch gar nicht gedacht«, sagte sie. »Aber jetzt, wo du es sagst. So umgehe ich die ganzen Formalitäten von wegen Gastfreundschaft hin und her.«

Sie gingen durch den Supermarkt zum Ausgang. Eine junge Grönländerin in weißem Kittel grüßte Lina freundlich hinter einer Glastheke, wo große ziegelrote Fische mit aufgesperrten Mäulern und Glotzaugen lagen. Als trügen sie eine Taucherbrille.

»Es ist umgekehrt«, sagte Lina. »Sie leben in einer Tiefe von ungefähr dreihundert Metern, und wenn man sie raufholt, stülpen sich ihre Augen durch den Druckunterschied vor. Es ist eine Knurrhahnart. Sehr lecker mit Dill und gekochten Kartoffeln.«

5

»Der größte Bereich unseres Betriebes ist die Gefrierabteilung«, sagte Mats Vinding, der junge Betriebsleiter im sportlich karierten Tweedjackett und in makellos gebügelten Hosen, während er vor Lina Krog und Jakob Olsen durch einen Gang ging, an dem seitlich übermannshohe Gefrierschränke mit glänzenden senkrechten Türgriffen standen, wie in einem riesigen Schlachterbetrieb.

Durch sich elektronisch öffnende Glastüren kamen sie aus der Stille der Tiefkühlabteilung in den Lärm der Schälabteilung. Das Rattern und Rumpeln von Maschinen und Fließbändern, das Hinklatschen leerer Kisten auf dem nassen Fliesenboden, das Gurgeln fließenden Wassers, und all das überflutet von lautstarker Popmusik.

Mats Vinding erläuterte schreiend den Arbeitsablauf. Jakob Olsen nickte gedankenlos. Er interessierte sich nicht für Krabben, geschweige denn dafür, wie sie geschält und eingefroren wurden. Er fand, sie stanken. Das war alles.

Am Fließband saßen Mädchen. Zunächst die eigentlichen Pulerinnen. Die Garnelen lagen neben ihnen in flachen Kisten. Sie pulten die grauen Krabben in einem Becken mit fließendem Wasser, das Häute und Füßchen wegspülte, warfen die geschälten babyrosa Krabben dann in identische flache Kisten, die danach auf das Band gekippt wurden, an dem ein Stück weiter die Sortiererinnen saßen.

Während Mats Vinding mit Produktionszahlen um sich warf, sah der Beobachter auf die kleinen, rasend flinken Finger, die ernsten Gesichter der Mädchen, die, so aufgereiht, alle wie Schwestern aussahen.

Lina trat zu einer von ihnen und sprach auf sie ein, während das Mädchen nickend den Blick auf seine schälenden Finger gerichtet hielt. Langsam ging Jakob Olsen mit dem Betriebsleiter über die glitschigen Fliesen.

»Es war ein gigantisches Unterfangen«, rief Vinding. »Erst die Fabrik. Jedes einzelne Teil wurde hierher transportiert. Dann die Montage. Und zum Schluß die Anwerbung des Personals.«

Sie waren jetzt am Ende der Halle angelangt.

Mats Vinding blieb an der verkratzten Holztür zu den Büros und der Buchhaltung stehen. Er sah etwas ungeduldig zu Lina Krog, die, die Hände in den Taschen, noch immer mit dem Mädchen sprach. Jakob Olsen winkte, aber sie sah ihn nicht.

»Dann gehen wir eben«, sagte Mats Vinding und hielt ihm

die Tür auf. An einer der grauen Bürotüren stand das Wort »Manager« und darunter sein Name, M. Vinding. Jakob Olsen schätzte den Betriebsleiter auf höchstens dreißig. Nur sehr ehrgeizige Leute brachten es in so jungen Jahren schon so weit.

Jakob Olsen nahm auf dem Bürostuhl aus Chromstahl vor dem Schreibtisch Platz. Er erkannte das graustählerne Möbelstück. Solche Schreibtische standen auch in der Gerichtskanzlei in Kopenhagen. Reichseinkaufsdienst ohne Zweifel. Mats Vinding rieb sich zufrieden die Hände.

»Der Betrieb trägt sich noch nicht ganz«, sagte er. »Aber es geht voran.«

»Sind es gute Arbeiter?« fragte Jakob Olsen. »Die ehemaligen Bewohner von Eqe, meine ich.«

»Es bleibt ihnen nichts anderes übrig«, sagte der junge Mann und steckte sich eine scharf riechende englische Zigarette an. Er hatte einen entschlossenen Mund mit auffallend kleinen Zähnen.

»Ich meine, es gibt nichts mehr zu jagen. Der Fischfang ist enorm zurückgegangen. Das heißt, der Fang von Küstenfisch – Heilbutt, Kabeljau. Die Wale sind praktisch ausgerottet und jetzt außerdem auch geschützt. Robben und Seehunde, derer nehmen sich die Kanadier an, die sieht man immer weniger. Und Karibus mögen auch keine Menschen mehr. Wenn wir nicht gewesen wären, wäre dieses Volk schon längst ausgestorben.«

»Wir?« fragte Jakob Olsen.

»Die KGH«, sagte Vinding. »Die Königlich-Grönländische Handelsgesellschaft. Die ist hier der größte Aktionär.«

»Der dänische Staat also«, sagte Olsen.

»So kann man es auch sehen«, sagte Vinding. »Obwohl man uns völlig freie Hand läßt.«

»War das keine große Umstellung?« fragte Olsen. »Von der Jagd und dem Fischfang in die Fabrik.«

»Am Anfang hatten wir einige Probleme«, gab Vinding zu. »Klar. Sie blieben manchmal einfach weg. Dann waren sie doch wieder auf der Jagd. Aber jetzt, wo sie mit Geld umgehen können, jetzt bleiben sie nur zu gern. Sie arbeiten für ihre Wohnungseinrichtung. Fernseher, Radio, Plattenspieler, eine Küche mit allem Drum und Dran. Mixer, Kaffeemühlen, Kühlschränke.«

»Kühlschränke?«

»Na klar«, sagte Vinding. »Die Häuser haben Zentralheizung, also braucht man auch einen Kühlschrank.«

»Von der KGH«, sagte Olsen.

»Von der KGH, selbstverständlich«, sagte Vinding.

»Sprechen Sie eigentlich Grönländisch?« fragte Olsen.

»Nur ein paar Worte.« Mats Vinding drückte seine halb gerauchte Zigarette aus und zündete sich eine neue an.

»*Imera*«, sagte Olsen. »*Upa.*«

Mats Vinding lachte mit seinen spitzen kleinen Zähnen. »Und *umiak*«, sagte er. »Bier. Das spielt hier eine große Rolle. Eine zu große vielleicht.«

Lina Krog kam herein.

»Sie haben nicht geklopft«, sagte der Manager quasi-strafend und lehnte sich grinsend in seinem federnden Bürostuhl zurück.

»Dafür bist du noch viel zu jung«, sagte Lina scharf und wandte sich dann so direkt an Jakob Olsen, daß dieser leicht verlegen wurde.

»Ich habe alles geregelt. Morgen abend um acht in der Lagerhalle.«

»Das heißt, zwischen acht und Mitternacht«, sagte Mats Vinding etwas spitz. Er trommelte mit den Fingern auf dem Schreibtisch. Jakob Olsen sah erst jetzt, daß er einen Ehering trug. Der junge Manager erhob sich.

»Gibt es noch etwas?« fragte er.

»Nicht daß ich wüßte«, sagte Olsen.

Er schüttelte Mats Vinding die Hand. Genau wie er gedacht hatte. Kurz und kräftig. Wie in einer Anwaltskanzlei in einem amerikanischen Fernsehfilm. Geschäft ist Geschäft.

»Ich mach mich mal auf den Weg Richtung Rathaus«, sagte er draußen zu Lina, die die Hände in den Taschen ihrer offenen Jacke vergraben hatte.

»Was für ein Scheißtyp«, sagte sie, »dieser Vinding. Er verachtet sie wirklich.«

»Das glaube ich nicht«, sagte Jakob Olsen. »Er sieht sich selbst als rettenden Engel. Ohne solche Fabriken würden die Grönländer aussterben, sagt er.«

»Die Geschichte kenn ich«, sagte sie.

Sie gingen an der weißen Fabrikhalle vorbei, auf der mit großen tiefblauen Buchstaben das Wort »Nystrup« stand.

Vor dem Rathaus verabschiedeten sie sich. Linas Händedruck war fest, aber wesentlich angenehmer als der des Betriebsleiters. Er sah ihr einen Moment nach. Es schien, als versuche sie das Kreisen ihrer Hüften bei jedem Schritt zu korrigieren. Ihre dunkelblonden Haare flatterten über den speckigbraunen Kragen der Jacke. Dennoch hatte er den Eindruck, als ließe der Wind nach. Er betrat die Eingangshalle des Rathauses.

6

Als sie auf ihr Haus zufuhr, sah sie Nick vornübergebeugt auf den Steinstufen zur Veranda sitzen. Sein schwarzes Haar stand wie ein Kamm im Wind. Die Hände in den Taschen seines olivgrünen Anoraks, sah er wie ein desertierter Soldat aus. Er stand auf, als sie ausstieg, ging ihr aber nicht entgegen. Er erwartete sie, eine Hand auf dem eisernen Treppengeländer.

»Du warst nicht auf der Probe.«

»Bin ich dir vielleicht Rechenschaft schuldig?« sagte sie und steckte den Schlüssel ins Schloß. Es klang schärfer als beabsichtigt, und deshalb legte sie Nick die Hand auf die Schulter und schob ihn sanft in den Flur.

»Hast du das Lied fertig?« fragte sie.

Seine Antwort war nicht zu verstehen, weil er sich gerade den Anorak über den Kopf zog.

»Was?«

»Kommt drauf an«, sagte er. »Ich habe mir gerade die Schlußszene angeschaut. Ein beknacktes Stück.«

Sie nahm seinen Anorak vom Stuhl und legte ihn neben ihre Jacke aufs Bett. Sie setzte sich an den Tisch. Die drei Kutter im Hafen waren ausgelaufen. Eine Möwe lief auf dem hochstehenden Rand einer schwarzen Öltonne im Kreis; der Wind schob sich in kurzen Kräuselungen über eine Wasserpfütze am Kai. Starker, aber kein stürmischer Wind mehr.

»Ich habe neulich ein Eskimo-Lied gehört«, sagte Nick, während er sich neben sie stellte und auch aus dem Fenster schaute. »Es ging so: Ayayay. Ayayay. Einer sang ein Lied, und die anderen antworteten. Ayayay. Immer das gleiche. Keinen Schimmer, wovon es handelte, aber es war phantastisch. Es war richtige Musik. Es kam von hier.« Er schlug sich mit der Hand auf den schwarzen Pullover.

Er hockte sich vor den Plattenspieler und sah sie dann über die Schulter an.

»Ach, die Platte liegt schon ewig drauf«, sagte sie. »Willst du Kaffee?« Sie hatte das Bedürfnis, aufzustehen, in die Küche zu gehen, Abstand zu schaffen zwischen ihrem Körper und seinem.

Er erhob sich rasch und faßte sie sanft an den Schultern. »Es liegt nicht ein Stäubchen auf der Platte.« Er ließ sie gleich wieder los. Ja, er wolle gern Kaffee.

Sie stand in der Küche und horchte genau wie bei Jakob Olsen gespannt, was ein Mann da in ihrem Zimmer trieb. Ich bin keine Männer mehr im Haus gewöhnt, es macht mich nervös, dachte sie. Während der Kaffee durchlief, hörte sie, wie Nick die Schuhe von sich warf. Dann legte er die Platte von Lester Young auf. Er summte seine eigene Introduktion mit. Der Saxophonist versuchte mit aller Macht, einen vitalen Eindruck zu erzeugen, aber sein Ton sackte ständig in ein dunkles, düsteres Timbre ab, in das Nick begeistert seine Akkorde reinhämmerte. Zwei Männer, die absolut kein Gespür für einander hatten, kein Gespür haben konnten. Der Höhepunkt in Nicks Karriere beruhte auf einem peinlichen Mißverständnis. Einer, der am Ende war, und ein Junger, der gerade anfing. Sie hatte noch nie jemanden zusammen mit anderen so allein spielen hören wie Lester Young. Egal, ob er betrunken war oder nicht. Rein routinemäßig glitt er über die von Nick angeschlagenen Akkorde. Nick war stets der erste, der Saxophonist folgte ihm wie ein treuer Bernhardiner. So sah er auf der Plattenhülle eigentlich auch aus.

Als sie mit dem Kaffee ins Zimmer trat, hatte er sich in ihrem Bett breitgemacht, die Kleider am Fußende.

»Nennst du das Kaffeetrinken?« sagte sie und schob das Tablett auf den Tisch.

»Night and day, you are the one«, summte Nick, die Hände unter dem Kopf, der auf dem weißen Kissen plötzlich viel kleiner wirkte, wie der Kopf eines italienischen Jungen. »Wenn die Sonne schon nicht untergeht – ich tu's. Bitte viel Zucker.«

»Als ob ich das nicht wüßte«, sagte sie und tat vier Löffel in den Kaffee. Der Löffel zitterte in ihrer Hand.

Er richtete sich auf. Sie erschrak, als sie auf einmal, so deutlich, so echt und so nah, diese schwarzbehaarte Brust wieder sah.

Er nahm die Untertasse und sah sie über den Tassenrand hinweg an. Er schlürfte voller Wohlbehagen, die Lippen gespitzt.

Sie mußte lachen, trotz allem. »Du bist total verrückt, Nick«, sagte sie.

»Still!« Nick bohrte einen Finger in die Luft. »Jetzt kommt's!« Sie lauschte den hochkletternden Trompetentönen und dann, in dem Moment, als Nick die Finger in die Bettdecke grub und dabei Kaffee über den Tassenrand verschüttete, einem breiten Akkord, der von irgendwo außerhalb der Musik zu kommen schien, nichts mit dem Stück selbst zu tun hatte. Lester Young zögerte kurz, fiel dann aber in den Akkord zurück, den Nick an dieser Stelle eigentlich hätte spielen müssen. Sie sah ihn mit hochgezogenen Augenbrauen an.

»Den Rest kannst du vergessen«, sagte er und stellte die Tasse neben das Bett. »Aber dieser eine Akkord, das war's. Eine Öffnung. So was wie ein Loch in der Wand.« Alle zehn Finger gespreizt, saß er wie eine nackte, behaarte Marionette aufrecht in ihrem Bett.

»Du bist verrückt, Nick«, wiederholte sie. Sie setzte sich mit dem Rücken zu ihm an den Tisch und trank ihren Kaffee.

»Ich geh nicht mit dir ins Bett«, sagte sie. »Das war einmal.«

Er ließ sich zurückfallen und fixierte den Balken über seinem Kopf. Er lauschte seinem eigenen Spiel. »Nix«, murmelte er. »Taugt absolut nix.« Er drehte ihr den Rücken zu. Unter seinem linken Schulterblatt war ein Muttermal. Das hatte sie vergessen. Der Tonarm ging hoch, der Plattenspieler schaltete sich mit lautem Klicken in die Stille hinein aus.

Sie setzte sich auf den Bettrand und legte die Hände auf das Muttermal. Nick reagierte nicht. Sie wollte etwas sagen, wußte aber nicht, was. Etwas über Lester Young, etwas über Jimmy, etwas über ihn. Sie nahm die leere Tasse und brachte sie in die Küche. Vor der Spüle blieb sie stehen und starrte auf die Sparflamme des Durchlauferhitzers, eine kleine blaue Flamme mit gelbem Kern. Sie blies sacht dagegen. Die Flamme flackerte heftig und fand dann ihre stete, stille Form wieder. Ich habe Angst, dachte sie. Nicht davor, mit ihm ins Bett zu gehen, sondern davor, seine Hoffnungslosigkeit mit ihm zu teilen. Dann halte ich es hier selbst nicht mehr aus.

Sie ging ins Zimmer zurück, mit zwei, drei entschlossenen Schritten, und blieb dann mitten im Raum stehen. Das rote Lämpchen des Verstärkers starrte sie vom Bücherschrank her an. Nick lag noch genauso da. Seine Schulter ging gleichmäßig auf und ab. Nur jemand, der so viel trank, konnte so plötzlich in einen so tiefen Schlaf fallen.

Mit ein und derselben Bewegung zog sie ihren Pullover und das T-Shirt über den Kopf, knöpfte die Jeans auf und mußte sich dann hinsetzen, um die Turnschuhe auszuziehen. Sie stieg aus dem Slip. Sie machte kein Geräusch, hielt sogar den Atem an, als sie neben ihm ins Bett glitt und vorsichtig die Hand über seine Hüfte auf den sanft atmenden warmen Bauch schob. Die Nase an seinen Rücken gedrückt, schloß sie die Augen.

7

Marius Sivertsen saß bereits in einem der schwarzen Ledersessel, die den Glastisch im Amtszimmer des Bürgermeisters umstanden, und wartete auf Jakob Olsen. Er blätterte in derselben Zeitschrift, in die auch schon Kommissar Jespersen geschaut hatte, ein dänisches Naturfreundemagazin.

Marius Sivertsen war ein großer Mann in dunkelblauem Anzug und makellos weißem Hemd. An seiner schwarzen

Krawatte funkelte eine Nadel, ein kleiner, bescheidener Diamant. Auf der breiten Stirn, die an den Schläfen bereits kahl wurde, ruhte eine Brille mit einer dünnen, goldfarbenen Fassung. Als Jakob Olsen eintrat, öffnete Sivertsen einen breiten Mund mit blinkender Prothese.

Jakob Olsen sprach ungern mit Leuten, die ein Stück größer waren als er selbst, und setzte sich daher rasch. Er fragte, ob er womöglich zu spät sei.

Sivertsen schüttelte den Kopf. Sein Kinn glänzte. Er mußte sich frisch rasiert haben.

»Wir hatten Rückenwind«, sagte er mit scharfer, schneidender Stimme. Olsen erschrak. Vielleicht, weil die Stimme einen Gegensatz zu Sivertsens runden, etwas einfältigen blauen Augen und den langen blonden Wimpern bildete. Es war eine Stimme, die ihn sofort an Gerichtssäle und Plädoyers erinnerte. Zur Sache, schienen diese näselnden Laute zu sagen, kommen Sie bitte zur Sache.

Olsen rutschte auf dem glatten Leder seines Sessels herum.

»Wollen Sie nicht Ihren Mantel ausziehen?« fragte der Untersuchungsrichter aus Godthåb und deutete auf den Kleiderhaken an der Tür.

Es gibt solche Menschen, dachte Jakob Olsen, während er aufstand und zur Garderobe ging. Überall, wohin sie kommen, bestimmen sie. Nicht nur über Menschen, sondern auch über die Einrichtung. Es ist sofort *ihr* Aschenbecher, *ihr* Tisch. Vollkommen vertraut mit jeder Umgebung. Vielleicht, weil sie nicht so genau hinschauen. Sicherheit als eine Form von optischer Täuschung.

»Kommt der Bürgermeister nicht?« fragte Olsen, während er seinen Mantel aufhängte.

»Bjørn Pedersen läßt sich entschuldigen«, sagte Sivertsen. »Da war irgendwo etwas los mit einem Bauprojekt. Er kommt am späten Nachmittag zurück.«

Olsen nickte, bückte sich und legte seine Aktentasche auf den Tisch neben das Naturfreundemagazin, auf dem eine Hirschkuh im Unterholz mit feuchten Augen in ein Teleobjektiv blickte.

Sivertsen, die Kohlenschaufeln von Händen um die übereinandergeschlagenen Knie geschlungen, sah zu, wie Jakob Olsen den Bericht aus seiner Tasche hervorzog. Das Blatt mit den Anmerkungen holte er aus der Innentasche und legte es obendrauf.

»So«, sagte der Beobachter dann, eigentlich ohne zu wissen, wie er jetzt fortfahren sollte.

»Ich sehe, Sie haben Ihre Hausaufgaben gemacht«, sagte Marius Sivertsen und strich sich mit den gespreizten Fingern der linken Hand langsam und bedächtig von der rechten Wange zum Kinn. Vielleicht kam es durch diese Distanz schaffende Geste des Untersuchungsrichters, daß Jakob Olsen die Bemerkung als aggressiv und argwöhnisch empfand. Es ärgerte ihn, daß er sich von Sivertsens Verhalten einschüchtern ließ. Er faltete das Papier auseinander und sah in die verwaschenen blauen Augen hinter den goldgeränderten Brillengläsern.

»Anmerkungen«, sagte er begütigend, »eigentlich ist es nur eine Sache. Oder nein, zwei Dinge, die mir aufgefallen sind.«

Sivertsen bedeutete ihm, sie rasch zu nennen. Er schien es eilig zu haben. Daher lehnte sich Olsen bequem zurück. Und auch er schlug die Beine übereinander.

»Erstens«, sagte er. »Aus dem Bericht geht nicht deutlich hervor, wie der Beschluß, die alte Karin Esbjerg umzubringen, eigentlich genau zustande kam.«

»Deutlicher waren sie nicht.«

»Hatten Sie einen guten Dolmetscher?«

»Einen vereidigten.«

»Ist der auch mitgekommen?«

»Er ist zwischenzeitlich verstorben«, sagte der Untersuchungsrichter. »Sonst hätte ich ihn natürlich mitgebracht. Aber er war absolut zuverlässig. Außerdem war alles auf Band aufgenommen.«

»Daran zweifle ich nicht«, sagte der Beobachter. »Wie ist er gestorben?«

»Beim Angeln« sagte der Untersuchungsrichter. »Über Bord gefallen. Er konnte nicht schwimmen.«

»Ein Grönländer?«

»Ein Grönländer. Die meisten können nicht schwimmen. Das hat in dem kalten Wasser ja auch wenig Sinn.«

»Erzählen Sie mal«, sagte Jakob Olsen, den spöttischen Ton des Untersuchungsrichters ignorierend, »weshalb waren die Bewohner von Eqe so präzise, wenn es um Temperatur, Windstärke und Wetter ging, und so vage, wenn es um die Beratungen ging, die zu dem Beschluß führten?«

»Wir saßen in einer von diesen Grassodenhütten in Eqe«, sagte Sivertsen. »Ich mußte mich tief bücken, um eintreten zu können. Sie wollten, daß ich mich auf eine Art Pritsche setzte. Mein Kopf stieß beinahe an die Decke. Es stank nach Fisch und Schweiß. Sie saßen dicht gedrängt im Halbkreis vor mir auf dem Boden. Ich fragte, ob sie sich noch an den Tag der Versammlung erinnerten. Sie wußten alles bis in alle Einzelheiten. Aber die Tatsache, um die es ging, schien sie überhaupt nicht zu interessieren. Ich gab jedem eine Zigarette, aber das half nichts. Die Hütte war in kürzester Zeit blau von Qualm. Meine Augen tränten, und sie sahen mich mit kindlicher Neugier an. Ich sagte ihnen, wie es sich meiner Meinung nach abgespielt hatte.«

»*Upa, imera*«, sagte Jakob Olsen. »Vielleicht, ich weiß es nicht. Diese Worte kommen oft in dem Bericht vor. Und darum wurden Sie böse?«

Sivertsen lachte laut.

»In meiner Wut stand ich auf und stieß mir den Kopf. Es

tat ihnen sehr leid, daß ich mir weh getan hatte, aber sie halfen mir keinen Deut weiter.«

»Glauben Sie, daß sie etwas verschwiegen?« fragte Jakob Olsen.

»Das nicht«, sagte der Untersuchungsrichter. »Es war einfach ihre Art und Weise, darüber zu sprechen. Der Dolmetscher übersetzte und nahm alles auf Band auf. Ich erinnere mich, daß sie das interessierte. Diese Bänder finden Sie übrigens Wort für Wort abgetippt in dem Bericht.«

»Dem haben Sie also nichts hinzuzufügen?« fragte Olsen.

»Nein«, sagte Sivertsen. »Aber was war das zweite, worüber Sie sich den Kopf zerbrechen?«

Wieder dieser argwöhnische Ton. Olsen mußte einen Blick in seine Notizen werfen.

»Ach ja«, sagte er. »Hier steht die Aussage eines gewissen Ivar Isaksson beziehungsweise Umanatsiaq. ›Die Menschen, die Jón Eira sind, haben den *angagók* aus Sagarssók befreit.‹«

»Ich erinnere mich«, sagte Marius Sivertsen.

»Daraufhin wurden Sie wieder böse?« fragte der Beobachter.

Marius Sivertsen stellte die Beine nebeneinander. Die Falte in beiden Hosenbeinen zeigte schnurgerade auf seine glänzenden schwarzen Schuhe. Er legte die Hände mit weitgespreizten Fingern auf die Schenkel.

»Ich hatte genug von diesem halbmagischen Eskimogeschwätz. Schließlich war ein Mord verübt worden. Wir hatten die Leiche gefunden. Und folglich mußte es auch einen Mörder geben, jemanden mit einem Namen. Jón Eira also. Übrigens, ein halbes Jahr nach meiner Voruntersuchung sind sie alle hierher gezogen, und jetzt hört man keinen solchen Unfug mehr von ihnen. Sie wohnen in Häusern, haben Zentralheizung, ein Radio, manche sogar einen Fernseher. Die Jüngeren wissen schon nicht mehr, wovon die

Älteren überhaupt reden. Sie fahren Motorrad und gehen ins Kino. Vor dem Gesetz sind sie ganz normale Dänen, und folglich messen wir sie mit dänischen Maßstäben.«

Olsen nickte. Er faltete das Blatt mit den Anmerkungen zusammen und steckte es in die Innentasche.

»Ich habe morgen ein Gespräch mit ihnen«, sagte er.

Sivertsen zuckte mit den Achseln.

»Ich bin als Beobachter hier«, sagte Olsen. »Ich treffe keine Entscheidungen, ich fälle kein Urteil, ich höre nur zu. Beiden Seiten.«

Sivertsen stand auf und ging um den Schreibtisch des Bürgermeisters zum Fenster. Er sah auf ein weißes finnisches Schiff, das hoch im Wasser lag. Auf scharfkantigen Simsen des Basaltgebirges auf der anderen Seite der Bucht saßen Möwen in reglosen Reihen übereinander. Ein paar Kinder in gelbglänzenden Plastikjacken zeichneten gerade mit Kreide ein Himmel-und-Hölle-Feld auf den Beton des Ladeplatzes. Nirgends war eine Wolke zu sehen.

»Alles Unsinn«, sagte Marius Sivertsen mit dem Rücken zum Beobachter. »Linkes Gewäsch. Heimweh nach untergegangenen Kulturen und ähnlicher Unfug. Die sollen sich das erst mal selber ansehen, die sollen hier erst mal selbst mit den Leuten reden.«

»Genau das habe ich vor«, sagte Olsen und schob den Bericht vorsichtig in seine Tasche zurück.

»Der Justizminister bangt um seine Karriere«, sagte Sivertsen.

»Ich nicht«, sagte Olsen. »Außerdem hatte ich nie das Gefühl, eine zu haben.«

Sivertsen drehte sich um. Er schien ein Papier auf dem Schreibtisch des Bürgermeisters zu studieren. Dann richtete er plötzlich einen intensiven, aufmerksamen Blick auf Olsen. So sah er wahrscheinlich einen Tatverdächtigen an, der seiner Meinung nach log.

»Ich habe eine Menge Ärger dadurch gehabt«, sagte er. »Scherereien. Die Presse. Politiker. Meine Familie. Es war keine angenehme Zeit. Obwohl ich doch nur meine Arbeit getan habe. Und jetzt kommen Sie und rühren das Ganze noch einmal auf.«

»Keineswegs«, sagte Olsen, der sich dem Untersuchungsrichter auf einmal gewachsen fühlte. »Ich halte mich von jeglichem Presserummel fern. Ich entscheide nicht einmal selbst, ob mein Bericht veröffentlicht wird oder nicht.«

Seufzend setzte sich Sivertsen auf den Schreibtischrand und blickte auf die Karte von Grönland, die an der Wand gegenüber hing.

»Ich hatte nichts gegen diesen Jón Eira«, sagte er. »Wie ich nie etwas gegen einen Tatverdächtigen habe.«

»Was war er für ein Mensch?« fragte Olsen. »Sie haben doch mit ihm gesprochen.«

»Er war sehr freundlich«, sagte der Untersuchungsrichter aus Godthåb. »Ich habe zwei Tage lang mit ihm im Gefängnis geredet. Zunächst einmal bestätigte er jede Frage, die ich ihm stellte. Dann kam dieses Lächeln, die Schlitzaugen verschwanden ganz zwischen den Lidern, und dann sagte er irgendwas.«

»Über Worte, die die Wahrheit sprechen, und Worte, die lügen?« fragte Olsen.

»Solche Sprüche, ja«, sagte Sivertsen. »Sie sehen, daß ich alles habe protokollieren lassen.«

»Er soll so eine Art Dichter gewesen sein.«

»Vielleicht«, sagte Sivertsen. »Davon verstehe ich nichts. Das fällt nicht in meine Kompetenz. Ich habe mich mit Tatsachen zu befassen, nicht mit Poesie.«

»Ich auch«, sagte Olsen. »Aber das mit den Worten verweist ja auf eine tatsächliche Situation.«

»Vielleicht in der Literatur, aber nicht in der Rechtsprechung«, sagte der Untersuchungsrichter und sprang schnell vom Schreibtisch, als die Tür aufging und der Bürgermeister hereinkam.

Jakob Olsen betrachtete Sivertsens breites Gesicht. Es lächelte angestrengt dem Bürgermeister entgegen. Ja, Marius Sivertsen war sehr auf seine Karriere bedacht.

8

Sie wurde wach von seinen Händen. »Nein«, sagte sie und schob die eine Hand von dem Haar zwischen ihren Beinen, die andere von ihrer rechten Brust. »Nein.«

Nick runzelte die Stirn und stützte sich dann auf den Ellbogen. Er schlug die karierte Decke beiseite und betrachtete ihren Körper. »Nicht«, sagte sie und zog die Decke zurück. Sie drehte sich auf den Rücken.

»Du warst eingeschlafen«, sagte sie, auf die Zimmerdecke blickend. »Ich hatte vergessen, daß du ein Muttermal auf der linken Schulter hast. Es war ein Impuls. Als ob kein Jahr vergangen wäre. Aber das ist es.«

Er nahm ihre Hand. »Wie meinst du das?«

»Es ist jetzt fünf Jahre her. Damals vier.«

»Ach so«, sagte er, »du meinst Jim.« Er ließ ihre Hand los. »Weißt du jetzt eigentlich mit Sicherheit, daß er tot ist?«

»Nein«, sagte sie. »Das nicht. Aber voriges Jahr hatte ich noch Hoffnung. Darum war ich nicht ehrlich zu dir. Wenn ich jetzt mit dir schlafen würde, müßte es ehrlich sein, etwas zwischen dir und mir. Ich müßte in dich verliebt sein.«

Aus dem Kindersanatorium tönte dünner Gesang. In der Ferne schlug jemand mit großer Regelmäßigkeit einen Hammer auf ein Stück Holz. Vielleicht war es aber auch eine Maschine. Der Wind trug die Geräusche über einen leergefegten Himmel heran. Sie drehte den Kopf zur Seite und malte mit dem Zeigefinger schnell einen kleinen Kreis auf sein spitzes Stoppelkinn.

»Ich find's schön, neben dir zu liegen«, sagte sie. »Echt. Als du voriges Jahr im August wegfuhrst, war es, als ob du Jim mitnähmst. Für immer. Dafür bin ich dir dankbar. Wirklich.«

»Der Plattenspieler ist noch an«, sagte er.

»Ich weiß«, sagte Lina. »Man hat den Eindruck, als würde er euch überhaupt nicht hören. Als würde er ganz allein spielen. Lester Young, meine ich.«

Nick schwieg. Dann sagte er: »Du hast recht. Wir waren nichts. Ein paar miese Musiker, und hinterher sagte Lester, daß Jazz ihn eigentlich gar nicht mehr interessiere. Er fuhr total ab auf Teresa Brewer, irgend so eine Sängerin mit einer Stimme wie splitterndes Glas.«

»Du bist einer von meinen Freunden«, sagte sie.

»Wer sonst noch?«

»Kjell. Der Mann, der die Hauptrolle in meinem Stück spielt. Er ist sehr nett, und er hat Schauspieltalent, auch wenn er von Beruf eigentlich Drucker ist.«

»Und wer sonst noch?«

Sie schwieg. Dann schlug sie die Decke zurück, stieg aus dem Bett und begann sich anzuziehen. Nick betrachtete sie.

»Und Jakob Olsen vielleicht«, sagte sie. Sie hatte sich nackt in Gegenwart eines Mannes noch nie so ruhig und selbstsicher gefühlt. Sie schlüpfte in ihren roten Slip und zog ihn in aller Ruhe über die Schenkel hoch.

»Der?«

Gebückt band sie ihre Turnschuhe zu und sah ihn dabei an.

»Ja«, sagte sie. »Anfangs nicht. Da war er ziemlich förmlich. Aber jetzt scheint er langsam aufzutauen.«

»Auftauen«, lachte Nick im Bett. »Meiner Meinung nach

kommt das vom Alkohol. Für einen Beobachter trinkt er zuviel.«

»Sein Vater ist gerade gestorben.«

»Aber das ist doch kein Grund zu saufen.«

»Was dann?«

Nick schwieg. Sie stand auf und sah auf ihre Armbanduhr. »Es ist schon nach sechs. Ich muß essen und dann zur Probe.«

Nick nickte und glitt aus dem Bett. Sein Schwanz hing schlaff zwischen den haarigen Beinen. Er sammelte seine Kleider ein und ging, ohne etwas zu sagen, schnurstracks Richtung Dusche. Als ob er hier wohnt, dachte sie und begann das Bett zu machen. Mit der flachen Hand strich sie die Falten aus dem Laken. Sie hörte das Wasser in der Dusche plätschern und dann seine hohe, nasale Stimme, lange Klagelaute. »Ayayay. Ayayay.« Sie roch an ihrer Hand. Nichts mehr.

9

Die Frau des Bürgermeisters hatte sich angestrengt. Bjørn Pedersen hatte ihr einen Klaps auf den Hintern gegeben und gesagt, sie solle jetzt mal ihre Schürze abbinden und zu Tisch kommen. Jakob Olsen sah, daß sich Marius Sivertsens Augenbrauen peinlich überrascht hochzogen. So mit seiner Frau umzugehen gehörte sich für einen Bürgermeister nicht. Jedenfalls nicht in der Öffentlichkeit, in Gegenwart anderer.

Maj Pedersen hatte rote Haare, aber diese Farbe war im Gegensatz zu der ihres Mannes nicht echt. Jakob Olsen schätzte sie etwa gleichaltrig mit Lina, in den Vierzigern also. Sie hatte ein blasses, schmales Gesicht, in dem sich der grellrot geschminkte Mund unruhig bewegte, als wolle sie ständig etwas sagen, könne das aber immer noch gerade rechtzeitig für sich behalten. Auf ihrem hellblauen Strickkleid hing eine Brosche, die eine Sonnenblume darstellen sollte. Auch ihre Gesten waren unruhig, gehetzt. Sie mußte ein Mensch sein, der vier Dinge zur gleichen Zeit tat, aber selten etwas beendete.

Der Fisch schmeckte köstlich zusammen mit der Dillsoße und den weichen, mehligen Kartoffeln. Und dann der Aquavit natürlich, echter Aalborger.

»Eigentlich nicht zu bezahlen«, sagte Bjørn Pedersen. »Aber über die KGH bekomme ich gelegentlich etwas zum Einkaufspreis.«

Jakob Olsen nickte. Sivertsen tat, als habe er diese Bemerkung des Bürgermeisters nicht gehört.

Maj Pedersen saß neben Jakob Olsen. »Uns gefällt es hier sehr gut«, sagte sie. »Den Jungs übrigens auch. Sie übernachten heute bei Freunden.«

»Und es ist praktisch«, sagte Pedersen. »Büro und Wohnung in einem Haus. Wenn man abends noch was nachschauen muß. Man braucht nie vor die Tür.«

Marius Sivertsen erklärte, daß ihm das nicht gefallen würde. »Privat ist privat«, sagte er und schob vorsichtig ein kleines weißes Stück Fisch zwischen die Lippen. Vorsichtig begann er darauf herumzukauen.

»Das ist Knurrhahn«, sagte Maj. »Ich hoffe, es schmeckt Ihnen.«

Sivertsen nickte. Er finde es sehr lecker.

»Roter Knurrhahn?« fragte Olsen.

»Ja«, sagte Frau Pedersen. »Die Haut habe ich aber abgezogen. Das sieht besser aus.«

Alles in der Wohnung des Ehepaars Pedersen war sehr gepflegt. Die Farben der Einrichtung waren sanft und aufeinander abgestimmt, mit Braun als Grundfarbe. An den cremefarbenen Wänden hing ein Farbfoto des dänischen

Königspaars neben der Reproduktion eines Rembrandtgemäldes, die *Emmausgänger*.

Olsen erzählte, daß er im Fernsehen einmal einen Film über dieses Bild gesehen habe, in dem man mit Hilfe von Röntgentechniken die verschiedenen Schichten des Gemäldes, Fragmente, die später wieder übermalt worden waren, wie bei einem Wunder durch das Oberflächenbild schimmern sah.

Sivertsen machte ein etwas ungläubiges Gesicht, aber Olsen wußte inzwischen, daß das eine Angewohnheit von ihm war.

Kaffee mit Kognak tranken sie im vorderen Zimmer auf dem mokkabraunen Sofa, während die Spülmaschine schon wieder lief. Die Kaffeetassen seien echte Espressotassen, sagte Maj. Sie habe sie aus Dänemark mitgebracht. Italienischer Import.

»Morgen geht's wieder rund«, entschuldigte sie sich für den Krach der Spülmaschine aus der offenen Küche. »Und eine Hilfe ist nicht zu bezahlen.«

»Nicht zu bezahlen?« Das wunderte Sivertsen aber. Pedersen machte eine Klaubewegung. Sivertsen nickte zufrieden und nahm noch einen Schluck Kognak.

Von diesem Zimmer aus blickte man auf die Büroräume der KGH, vom hinteren Zimmer aus auf die Krabbenfabrik. Das Bürgermeisterhaus lag im Mittelpunkt der Jakobshavner Aktivitäten.

»Ja«, sagte Pedersen. »Es ist unglaublich, wie sich hier alles verändert hat. Vor ungefähr fünfzehn Jahren hatten wir hier einen Handelsposten. Da kauften wir Rentierhäute, Fuchsfelle, Seehunde, ab und an einen Bären. Das habe ich selbst auch noch gemacht, mit den Grönländern handeln.«

»Erzähl doch mal die Geschichte von Lingvig«, sagte seine Frau.

»Lingvig?« fragte der Bürgermeister.

»Wie sie anfangs alles mitnahmen.«

Jetzt wußte Pedersen wieder Bescheid. Sein rötlicher Bart wippte auf und ab.

»Das war ganz am Anfang, 1910 oder so. Die ersten Kontakte zwischen der KGH und den hiesigen Bewohnern. Weil sie uns zeigen wollten, daß sie uns Dänen schätzten und ihre eigenen Sachen minderwertig fanden, nahmen sie nach einem Besuch, ohne zu fragen, einfach etwas mit. Ein Gewehr, einen Mantel, einen Satz Kochtöpfe. Das hat damals für einigen Wirbel gesorgt.«

»Es hat sogar Tote gegeben«, wußte seine Frau.

»Ja, was willst du«, sagte der Bürgermeister. »Von nichts kommt nichts. Aber seit sie aus ihren Siedlungen in die Dörfer gezogen sind, ist das alles anders geworden.«

»An der Oberfläche«, sagte Sivertsen. »Aber im Grunde sind sie doch anders. Nicht wahr, Olsen?«

»Es scheint so«, sagte Olsen. »Zumindest im Fall Eira. Über den Rest erlaube ich mir kein Urteil.«

»Das ist auch ein typischer Fall für diese Übergangsphase«, sagte der Bürgermeister. »Wir haben hier zum Beispiel prima Elektromonteure, die trotzdem glauben, daß die Elektrizität göttlichen Ursprungs ist.«

»Wir beobachten hier, wie der Wohlstand Jahr für Jahr wächst«, sagte seine Frau und nickte heftig mit dem Kopf. »Sie tragen ihre Kinder nicht mehr auf dem Rücken. Sie haben jetzt Kinderwagen und Milchpulver für die Babys.«

»Früher starben hier jede Menge Kinder«, ergänzte ihr Mann.

»Ja«, sagte Maj Pedersen und blinzelte kurz mit ihren großen, schwarz umrandeten Augen. »Ich selbst sitze im Vorstand der Krankenhausstiftung. Es entbinden inzwischen schon gut siebzig Prozent ihrer Frauen bei uns.«

»Probleme gibt es noch im Führungsbereich«, sagte Bjørn Pedersen. »Betriebsleiter, Bauunternehmer, Schulleiter, Ärzte, Stationsschwestern. Und so weiter. Das sind noch alles Dänen.«

»Als ob sie kein Interesse daran hätten«, sagte Maj.

»Keinen Ehrgeiz«, verbesserte ihr Mann.

»Sie können nicht vorausdenken«, sagte Sivertsen entschieden. »Es sind brave Leute, ohne Zweifel, aber sie haben immer von der Hand in den Mund gelebt, von jetzt auf nachher.«

»Daher all diese Vielleichts«, meinte Beobachter Olsen. »Und all dies: Ich weiß nicht.«

»Jetzt, wo Sie das sagen«, meinte Sivertsen und fuhr sich rasch mit der Zunge über die Lippen. »Das könnte sein. Sie können nicht planen. Sie wissen nicht, was Zukunft bedeutet.«

»Aber Jón Eira«, sagte Jakob Olsen. »Einer, der sich aufhängt, hat sich doch eine Vorstellung von der Zukunft gemacht. Er will sie nur nicht.«

»Bah«, sagte Maj. »Was muß das für ein gräßlicher Tod sein. Mit Tabletten kann ich es mir noch vorstellen.«

»An die kommt man aber in einem Gefängnis nicht so leicht heran, gnädige Frau«, bemerkte Marius Sivertsen fein.

»Tut mir leid, daß ich damit angefangen habe«, sagte Olsen.

»Wes' Herz voll ist«, scherzte der Bürgermeister und goß die Gläser noch einmal voll.

»Für mich nicht mehr«, sagte Olsen.

Langsam war Farbe in Maj Pedersens Gesicht gekommen. Sie war kurz draußen gewesen und hatte ihre flachen Schuhe gegen blaßblaue, hochhackige Sommerschuhe mit kunstvoll verschlungenen Riemchen über dem Spann eingetauscht. Sie sahen funkelnagelneu aus. Merkwürdig, dachte Olsen, solche kleinen Füße und solche großen, groben Hände.

Sie zeigte ihm Fotos, die sie aus ihrer Umhängetasche hervorholte. Farbfotos von zwei Jungen, die dämlich und für ihr Alter zu dick an Zäunen lehnten oder mit ängstlichem Gesicht auf einem Pferd saßen.

»Meine sind schon aus dem Haus«, sagte Jakob Olsen. »Schon lange.«

Sivertsen und Pedersen waren in ein Gespräch über Arbeitslosigkeit vertieft. Das Wort »strukturell« fiel. »Strukturell« und »langfristig«. Olsen hörte der rothaarigen Frau nur mit halbem Ohr zu. Wie die meisten Hellhäutigen hatte sie übermäßig viele Sommersprossen. Sogar auf den Handflächen waren ein paar. Er blickte in ihre großen blauen Augen. Sie erwartete eine Antwort von ihm, aber er hatte keinen Schimmer, was sie gefragt hatte.

»*Der Partner*«, sagte sie. »Das diesjährige Stück unserer Laienspielgruppe. Ob Sie da auch hingehen. Es ist am Sonntag.«

»Vielleicht«, sagte Olsen. »Wenn ich dann noch hier bin. Ich habe zufällig ein kleines Stück von den Proben gesehen.«

Maj Pedersen begann ihm jetzt das ganze Stück zu erzählen. Sie hatte sich den Text von Lina Krog geliehen. Sie interessiere sich sehr für Theater, übrigens für jede Form von Kultur. Für Kunst im allgemeinen, so drückte sie es aus.

Olsen nickte. Die Stimme der Frau verband sich mit den anderen Stimmen. Er blickte zu Sivertsen und Pedersen. Zwanzig Jahre jünger als er waren sie. Hatte er damals auch so voller Überzeugung gesprochen, eine Situation so dezidiert umrissen, wie Pedersen es jetzt Sivertsen gegenüber tat, wobei er Zahlen nannte, als habe er sie selbst errechnet, Tatsachen anführte, als habe er alles ganz aus der Nähe miterlebt.

Vielleicht ist es nur eine Frage des Alters, dachte er. Früher glaubte ich, wenn man älter wird, hat man das Gefühl, die Dinge besser zu verstehen, die Welt im Griff zu haben.

Zumindest ein bißchen. Aber vielleicht war es genau umgekehrt.

»Ja, eine tragische Geschichte«, bestätigte er.

»Und außerdem wirklich passiert«, sagte sie.

»Am Sonntag nicht. Dann ist es nur eine Puppe«, sagte er.

10

Sivertsen gab das Zeichen zum Aufbruch. Olsen hatte das schon befürchtet: Er schlief auch im »Weißen Falken«. Marius Sivertsen sah auf seine Uhr. Halb elf. Er hielt auf Ordnung und Regelmäßigkeit in seinem Leben, sogar bei Dienstreisen.

»Können Sie denn so früh schlafen?« fragte Jakob Olsen, als sie sich vom Bürgermeister und dessen Frau verabschiedet hatten und zum Hotel zurückgingen.

»Früh«, sagte Sivertsen. »Ich gehe immer um elf zu Bett. Egal, ob's hell ist oder nicht.«

Olsen nickte. Der Wind hatte sich gelegt. Das übermannshohe Korn, über das er sich gestern so gewundert hatte, lag jetzt kreuz und quer platt am Boden. Es würde ein paar Tage dauern, bis es sich wieder aufrichtete. Über dem Meer trieben ein paar langgezogene durchsichtige Wolken. Von Zeit zu Zeit schlug einer von ihnen nach einer Mücke. Sivertsen achtlos wie einer, der gelernt hat, mit einer Plage zu leben, Olsen gezielt und kräftiger, als gäbe es irgendwann eine letzte Mücke. Sie schwiegen bis zur weißen Veranda des Hotels.

»Bis zum Frühstück«, sagte Sivertsen und nahm seinen Schlüssel vom Brett.

Jakob Olsen hielt seine schwarze Aktentasche in der Hand. Von wegen, dachte er. So ein Kollege konnte ihm gestohlen bleiben.

Aus der Bar drangen die lauten und immer gleichen Argumente der Kartenspieler. Nick Morello stimmte eine Melodie an. Jakob Olsen erkannte sie. *Night and Day*, eine Melodie von lange vor dem Krieg.

In seinem Zimmer zog er die braunen Übergardinen zu und knipste dann das Licht an. Das war natürlich etwas lächerlich, aber er hatte doch das Bedürfnis, die Kontinuität dieser verdammten Polarsonne zu durchbrechen. Er zog die Schuhe aus, gähnte laut und setzte sich dann an den Schreibtisch. Es wurde Zeit, daß er den Brief an Inge zu Ende schrieb. Er schlug die Hotelbriefmappe auf und begann zu lesen, was er geschrieben hatte. Dann schraubte er die Kappe von seinem Füller. Eine Zeitlang war er allein mit dem vertrauten Kratzen seiner Feder.

Inge, schrieb er im letzten Absatz, wenn du dies liest, ist Oles Asche bereits auf dem Meer ausgestreut, und ich befinde mich vielleicht schon irgendwo zwischen Jakobshavn und Kopenhagen in der Luft. Ich werde froh sein, wenn das vorbei ist. Selten war ich mit einem Fall befaßt, der so klar und gleichzeitig so rätselhaft ist wie dieser. Ich freue mich auf unseren Urlaub, die Arbeit im Garten, die Bücher, die ich noch lesen will, behaglich in der Sonne, während ein Klavierkonzert von Mozart durch die offenen Türen klingt. Das kommt einem wie eine Idylle vor, und vielleicht ist es das auch. Vielleicht tut man alles dafür. Wegen der paar Momente, Hand in Hand, in denen alles in Harmonie zu sein scheint. Vielleicht ist Glück nichts anderes als das: eine notwendige Illusion, die echte Gefühle und Erinnerungen hervorruft.

Er unterschrieb den Brief und zog wie an seinem eigenen Schreibtisch zu Hause die linke obere Schublade auf. Er sah in ein leeres Holzfach. Auch in der Hotelmappe befanden sich keine Umschläge. Morgen früh würde er Jan Bastiansen gleich beim Frühstück danach fragen.

Sonnabend, 5. Juli 1975

1

»Tut mir leid«, sagte Jan Bastiansen, als er das Tablett mit Olsens Frühstück auf den Schreibtisch schob. »Ich weiß nicht, was das ist. Das Briefpapier bleibt unberührt liegen, aber alle nehmen immer die Umschläge mit. Ich habe neue bestellt, doch die müssen erst aus Dänemark kommen.«

»Macht nichts«, sagte Jakob Olsen. »Dann geh ich eben zum Supermarkt.«

»Ziehen Sie dann aber einen Schal an«, sagte der Hotelbesitzer. »Es ist ziemlich neblig heute.«

Während Bastiansen die Tür so leise hinter sich schloß, als verlasse er das Zimmer eines Sterbenden, zog Jakob Olsen die Gardinen auf.

Ziemlich neblig nannte Bastiansen das. Bis dicht ans Fenster stand eine leicht flimmernde Wand aus aschgrauem Wasserdampf, durch die er von Zeit zu Zeit dumpfe, gedämpfte Laute hörte. Hundegebell und ein lang anhaltendes Scharren, als schleife jemand einen Eisenstab über die Felsen.

Er wußte aus Reisebeschreibungen, wie heftig und schnell der Nebel hier vom Meer her aufziehen konnte, aber daß er so dicht sein konnte ... Er suchte die Sonne, entdeckte die runde lichte Scheibe aber nirgends. Ich muß verdammt noch mal in den Stadtplan schauen, bevor ich zum Supermarkt gehe, dachte er. Sonst verirre ich mich hier noch. Er grinste und begann sich ein Butterbrot zu schmieren. Einen Stadtplan hatte er abgesehen davon nicht, und er bezweifelte, ob es überhaupt einen von Jakobshavn gab.

Er ging am linken Straßenrand. Zwar kamen kaum Autos

vorbei, aber man konnte nie wissen. Ungeachtet des dichten Nebels wurde weitergebaut. Überall hörte er Rufe und Gehämmer, das harte Klötern von Kies in einer rotierenden Mischmaschine. Auf seiner Oberlippe bildeten sich kleine Tropfen, die er von Zeit zu Zeit wegleckte. Salz. Ein Mantel mußte nach ein paar Stunden in diesem Wetter bleischwer sein.

Aus dem Nebel hörte er ein Pferd auf sich zukommen. Das dumpfe Klappern der Hufe schien mal von links, mal von rechts vor ihm zu kommen. Er trat unsicher in einen flachen Graben und wartete mit lauschend erhobenem Kopf. Nichts. Das Pferd mußte schnell die Straße überquert haben und auf eine Weide gelaufen sein, auch wenn es hier, wie er meinte, nirgends ein Stück Weideland gab. Schräg gegenüber war die gelbe Tankstelle der GTO, wo eigentlich immer einer der schlammbeschmierten Lastwagen aufgetankt wurde.

Er stieg aus dem Graben und stolperte zur anderen Straßenseite hinüber. Eine Frauenstimme rief etwas, in unverständlichen Kehllauten. Und noch einmal, drängend, als wären die Inuit-Worte für ihn bestimmt. Er ging weiter. Keine Tankstelle. Nirgends das blaue Schild mit dem weißen Eisbären, das Wappen der Grönländischen Technischen Organisation. Er schnaubte.

Verirrt. Das war ihm seit Jahren nicht mehr passiert. Vorsichtig ging er weiter, die Hände mit den Handflächen vorgestreckt, den Blick auf den Boden gerichtet, als ginge er über Eis und habe Angst, auf eine dünne Stelle zu treten. Daher sah er auch den Stein. Einen großen, ovalen Kieselstein, schwarzgrau mit horizontalem weißem Band, genau in der Mitte, wie ein Gürtel. Er bückte sich, hob den Stein auf und drehte ihn, mitten auf der Straße im Nebel, dicht vor seinem Gesicht hin und her. Die weiße Linie hörte auf. Hier. Er rieb mit dem Zeigefinger über die Stelle. Oder verschwand sie hier im Innern des Steins? Um das genau zu wissen, müßte man ihn aufbrechen.

Den feuchten Stein in der Hand, sah er sich horchend um. Hier in der Nähe mußte doch das Geburtshaus Knud Rasmussens stehen, des treuen Sohnes Grönlands, wie das Schild rechts neben der Tür angab. Da hörte er auf einmal Kinderstimmen, als wäre ganz in seiner Nähe aus dem Nichts heraus plötzlich eine Schultür aufgestoßen worden. Er sah auf seine Uhr. Halb elf. Spielpause. Dann war er in die völlig falsche Richtung gegangen.

Er drehte sich um und ging zurück. Merkwürdig, wie entschlossen man in die verkehrte Richtung laufen konnte. Wenn er so weitergegangen wäre, wäre er schließlich beim Fjord mit den Eisbergen gelandet.

Aber jetzt stimmte alles wieder. Die Tankstelle, das Rasmussen-Haus, die Zimmerei, in der auch Grabsteine angefertigt wurden. Alles tauchte zu dem erwarteten Zeitpunkt und am entsprechenden Ort aus dem Nebel auf. Er sah noch immer genausowenig, aber der Nebel kam ihm jetzt doch weniger dicht vor. Er steckte die Hände in die Taschen und beschleunigte seine Schritte. Leise pfiff er die Vorkriegsmelodie, die er Nick Morello gestern abend in der Bar hatte spielen hören.

2

Während die beiden jungen Grönländerinnen mit Hüften wie Fruchtbarkeitsgöttinnen die Schlitten ihrer Staubsauger über den Teppich der Bar zogen, saß Nick Morello über das Klavier gebeugt lauschend da und schlug Akkorde an. Von zwei Staubsaugern gedeckt, erforsche ich das unbekannte Reich der Klänge, dachte er spöttisch. Warum manche Menschen sich auf diesen achtundachtzig Tasten etwas auszudenken vermochten, das unabdingbar etwas Eigenes war, ein eigener Stil, und andere nicht. Er spielte einen Monk-Lauf und dachte an Elmo Hope, wie der ganz oben im Diskant einen auseinandergefallenen Count Basie-Riff wiederholte. Elmo Hope glaubte nicht mehr an die Vergangenheit, wußte aber auch nicht, wie er die entstandenen Lücken füllen sollte. Er spielte, nach etwas suchend, was er spielen könnte. Elmo Hope, Dick Twardzick. Warum hatte er zwei Junkies als Idole? Beide an der Nadel krepiert, ihre Geheimnisse ins Grab mitnehmend. Aber gab es überhaupt ein Geheimnis?

Er blickte auf eines der phlegmatischen Mädchen, das mit einer roten Gießkanne eine Zimmerlinde goß. Der Preis, den man zahlen muß, dachte er. Wenig spielen. Fast nichts. Bis man zu weit ging, wie sie, und keiner je mehr eine Note von einem hörte. Oder bis man einfach aufhörte zu spielen, wie Dodo Marmarosa, und langsam den Verstand verlor. Er starrte hinaus in den dichten Nebel, spielte, um sich selbst zu ärgern, die ersten Takte von *Misty*. In einer alten Ausgabe von *Scientific American*, die er hier irgendwo gefunden hatte, stand ein Bericht über Spinnen, denen man in LSD getränkte Fliegen zu fressen gegeben hatte. Sie spannen daraufhin die verrücktesten Netze. Fotos waren auch dabei. Netze, die an einer Stelle viel zu dicht, an anderen Stellen viel zu locker gewoben waren. Eine Spinne, die nur noch einen langen Faden produzierte, an dem sie aufgeregt hin und her lief. Er grinste. Ayayay, sang er leise im Staubsaugerlärm. Ayayay. Er suchte einen einfachen Akkord in C, füllte ihn mit der linken Hand. Ein Lied für Lina. Mein Gott. Es ging abwärts mit ihm. Vielleicht war es ja nie aufwärtsgegangen. Wenn er von den Tasten in diesem Schuppen in der Springstreet aufblickte, hatte er nie etwas anderes als Rücken gesehen. Lina Krog hatte es bestens verdrängt, die New Yorker Zeit, oder sie hatte sich freigestrampelt. Er hatte es ihr im vorigen Jahr hier am Klavier einmal zu erklären versucht. Daß seine Musik diese Stadt war.

Veränderung als einzige Konstante. Das ist genauso, als wollte man die Quadratur des Kreises, das geht nicht, hatte sie geantwortet. Vielleicht hatte sie recht.

Die grönländischen Schwestern zogen ihre Staubsauger polternd über die Schwelle der Bar in die Halle. Er stand auf, holte den im vergangenen Jahr nachgemachten Barschlüssel aus der Tasche und schenkte sich selbst einen Whisky ein, den er hinter der Theke schnell hinunterkippte. Dieser alte Richter, der Olsen, wußte auch, was guttat. War seiner Meinung nach ein bißchen hinter Lina her.

Diese entschiedene, traurige Geste, mit der sie seine Hände von ihrem Körper geschoben hatte. Fast wie in diesem polnischen Film, wie hieß der noch gleich? Keine Ahnung, wo er den gesehen hatte. Aber das Mädchen hatte auch so eine entschlossene Kieferpartie. Es ging um Wohnungsnot und Verliebtheit. Dafür brauchte es einen Osteuropäer, um sich so etwas auszudenken. *Der achte Tag der Woche*, jetzt wußte er den Titel wieder. In solchen billigen, glänzenden Regenmänteln zog dieses Paar durch Warschau oder irgendein Kaff auf der Suche nach einem Bau, wo sie auf dem blanken Holzfußboden eine Nummer schieben konnten.

Und dann die Hände des Mädchens, als es endlich soweit war. Die schmalen nackten Schultern unter dem glänzenden Gummi, die kleinen, sich heftig wehrenden Hände mit den viereckig abgebissenen Nägeln. Er ging ans Klavier zurück. Tolles Gefühl, dieser Whisky. Wieder schlug er diesen Akkord in C an. Kam auch in einer Klaviersonate von Mozart vor, die er auf einer Kassette hatte. Er betrachtete seine Finger. Wie ging das gleich noch mal? Er stimmte den *Minutenwalzer* an, ging in eine Mazurka über und endete mit *Sweet and Lovely*.

»Polnische Traurigkeit«, murmelte er. »Regenmantelmusik.« Also, in ihren Augen war er die ganze Zeit Jimmy Rosa gewesen. Dieser Arsch, der um jeden Preis fliegen mußte. Er war schnell von Begriff. Er hatte gestern bei Lina direkt und angemessen reagiert. Ging nur drum, die Sache klarzukriegen. Diese ganzen Geschichten über ihn und Jim. Beide schwarzhaarig. Auch so ein Zinken. Aber jemandem ähnlich sehen war etwas ganz anderes, als für jemanden gehalten zu werden. Er versuchte sich ihr Gesicht vorzustellen, wenn sie bei ihm kam. Er schüttelte den Kopf. An so etwas erinnert man sich nicht. Als ob man im Bett mit den Kleidern auch das Gedächtnis ablegte. Oder kam es vom Saufen? Was für eine Scheiße. Er hatte die Whiskyflasche so hingestellt, daß er von der anderen Seite der Bar dran kam. Er nahm gerade einen grimmigen Schluck, als Lina hereinkam.

»Du machst ein Gesicht, als ob du einen Geist siehst«, sagte sie lachend und nahm ihm das leere Glas aus der Hand.

»Ayayay«, sagte er. »Aber einen Flaschengeist. Es ist noch nicht fertig, dein Lied.«

»Deswegen bin ich nicht gekommen«, sagte sie. »Hast du Jakob Olsen gesehen?«

»Der hat vor einer halben Stunde das Hotel verlassen«, sagte er. »Was willst du eigentlich mit dem Mann?«

Sie sah ihn erstaunt an. »Mein Gott, bist du etwa sauer wegen gestern?« fragte sie.

Er schüttelte langsam den Kopf und setzte sich wieder ans Klavier. *As time goes by*. »Hast du diesen Film nie gesehen?« fragte er, weiterspielend. »Lauren Bacall mit Humphrey Bogart, und Hoagy Carmichael am Klavier. Ja«, antwortete er dann auf ihre Frage, »ja, es geht schließlich nichts über Ehrlichkeit. Ich muß dir auch etwas gestehen.«

Autumn in New York, wieder eine Melodie, die sie nicht kannte.

»Herbst 1970 in New York«, sagte er. »Das Piccadilly.«

Lina Krog trat zwei Schritte zurück und sah Nick an, als stünde er mitsamt seinem schwarzen Klavier plötzlich auf der anderen Seite einer Schlucht.

»Das Prickabilly. So nannte ich den Laden für mich«, sagte er.

Sie ging zu einem Tisch am Fenster und setzte sich, halb von ihm abgewandt. Warum hatte er sein Maul nicht gehalten, dachte er. Was hatte es für einen Sinn. Jetzt gab es kein Zurück mehr.

»Was soll's«, sagte er. »Zwei Ratten, die Erinnerungen an ihren Aufenthalt in einer Mülltonne aufwärmen.«

»Hast du mich da tanzen sehen?« fragte sie.

»Schlimmer«, sagte er.

»Du hast vor dem Podium gesessen«, sagte sie tonlos.

»Ich habe dich für zwei Dollar geleckt. Nach einer Minute sahst du auf die Uhr und klopftest mir auf den Rücken. ›Ein Dollar für jede weitere Minute‹, sagtest du.«

Sie schwieg.

»Du hast mich nicht erkannt?« fragte er.

»Nein.« Sie drehte sich um. Ein Muskel ihrer rechten Wange entzog sich ihrer Kontrolle. »Ich habe nie jemanden angeschaut. Das war das Grundprinzip aller Mädchen dort. Sobald man auf dem Podium stand, sah man in den Spiegel hinter der Bar auf sich selbst.«

»Hast du's für dich getan?«

»Für Geld natürlich. Essen. Kohle. Die Miete. Am Anfang schämt man sich, aber dann kommt ein Moment, an dem man sich selbst zusehen kann, als wäre man jemand anders.«

»Die heutige Notwendigkeit der Schizophrenie«, sagte er, froh, daß sie darüber lachen mußte.

»Wie findest du das?« Er wiederholte das einfache Thema in C.

»Es erinnert mich an etwas.«

»An bessere Zeiten. Morgen hab ich's fertig.«

»Wie heißt es?«

»Gib du ihm einen Titel.«

Sie ging auf ihn zu, beugte sich zu ihm vor und küßte ihn auf die Stirn. »Johnny Walker visits Prickabilly Circus.«

»Wenn das nur unter uns bleibt«, sagte er und legte die Hand für einen Moment um ihre Hüften. »Komm«, sagte er und schob sie sanft, aber entschieden von sich. »Ich habe noch zu arbeiten.«

»Ich auch«, sagte sie. Sie ging zum Empfangstresen in der Halle, schrieb eine kurze Notiz für Jakob Olsen auf den Gästeblock und verließ das Hotel, die Autoschlüssel bereits in der Linken. Als sie an ihrem Auto stand, konnte sie das Hotel nicht mehr sehen.

3

Sie stützte sich mit beiden Händen auf das schwarze Ebonitlenkrad und konnte auf einmal gar nicht mehr verstehen, wie sie es durch diesen dichten Nebel je bis zum »Weißen Falken« geschafft hatte. War der Nebel noch dichter geworden? Sie traute sich jetzt nicht mehr, zurückzufahren. Sie stieg aus, schloß das Auto ab und marschierte in den Nebel hinein. In der Lagerhalle wartete Palle Nansen, um mit ihr den Beleuchtungsplan des Stücks durchzusprechen. Ich hätte besser Stiefel anziehen sollen, dachte sie mit Blick auf ihre schlammigen Turnschuhe.

Ein halbes Jahr hatte sie im Piccadilly gearbeitet. Zu Jim hatte sie gesagt, sie arbeite in einem Restaurant, irgendwo uptown. Das stimmte sogar. Sie hatte sich vorher informiert. Piccadilly war ein bekannter Name, ein Wort, das für einen Amerikaner englischen Stil und englische Klasse anzeigte. Daher der gute Verdienst, hatte sie Jim erzählt. Nur eines: Das Personal durfte während der Dienstzeit unter keinen Umständen angerufen werden. Britische Gepflogenheit. Jim hatte genickt. Er konnte Flugzeuge steuern. Das war auch das einzige, was er wollte. Er fragte nicht weiter, nahm die Dollar, die sie nach Hause brachte, als etwas Selbstverständliches. Schließlich war er mit ihrer Zukunft beschäftigt.

Sie hatte das auch vorgehabt, in einem Restaurant zu arbeiten, aber Frida Kühne wußte etwas Besseres. Sie kannte Frida aus einem Coffeeshop, wo Lina sie einmal auf ein Buch angesprochen hatte, das Frida gerade las und das sie auch kannte. Etwas von Carson McCullers. An den Titel konnte sie sich nicht mehr erinnern. Es handelte von einem taubstummen Mann. Frida fand es gut, aber zu traurig. Deswegen ist es mir zu lang, hatte sie Lina anvertraut. Ein strahlendes, sonnenverbranntes Gesicht, fast eine Reklame. Auf Regen mußte für Frida Kühne Sonnenschein folgen. Egal, ob die Sonne schien oder nicht. Du bist völlig anonym, hatte Frida gesagt. Ob du jetzt mit irgend so einer albernen Schürze durch ein Restaurant rennst oder mit nacktem Hintern ein bißchen auf einem Podium rumhüpfst – für das doppelte Geld. Frida Kühne sprach amüsiert darüber, als wäre es ein harmloser Pfadfinder-Club, aber an der Tür des Piccadilly stand ein Rausschmeißer, der die ganze Türöffnung füllte. Kein Name an der Fassade, keine Neonbeleuchtung. Eine schäbige dunkelbraune Tür mit einer Klingel. Das war alles.

Es sind arme Schweine, hatte Frida gesagt, die schon ein paar Jahre lang in verschiedenen solcher Clubs in Brooklyn und Queens arbeitete. Du bestimmst selbst, wie weit du gehen willst. Prostitution ist verboten. Dann stünde die Polizei sofort auf der Matte. Du kommst rein, ziehst dich hinten aus und wartest in der Kneipe, bis du an der Reihe bist. Du tanzt, bekommst dein Geld und bist wieder weg. Manchmal arbeiten da an einem Abend an die fünfzehn Mädchen. Studentinnen, Schauspielerinnen, Hausfrauen. Niemand kennt einen. Manche sieht man nie mehr, andere trifft man regelmäßig. Aber jeder tut so, als würde er den anderen nicht kennen.

An der Tankstelle rief ein LKW-Fahrer ihr von seiner hohen Kabine aus etwas zu. Als sie nicht reagierte, hupte er ein paarmal. Selbst dieses Geräusch klang dumpf, als stiege es aus einem tiefen Tal empor. Die Hände in den Taschen ihrer Lederjacke, sah sie sich um und ging rasch weiter.

Hier war man alles andere als anonym. Die Dänen bildeten im Dorf eine Gruppe für sich. Es wurde erwartet, daß man Kontakt miteinander hatte. Als ehemalige Lehrerin und Dolmetscherin gehörte sie gerade noch zu dem kleinen Kreis um die höheren Verwaltungsbeamten. Zumindest empfanden die es so. Sie mied die unweigerlich in Suff und Handgreiflichkeiten endenden Parties, vor allem im Winter, soweit es ging, wenngleich sie sich dem nicht ganz entziehen konnte.

Nick und das Piccadilly. Sie konnte es sich nicht vorstellen. Er sah nicht aus wie einer, der für ein bißchen Sex Geld hinblättern mußte. Aber er war Alkoholiker, und auf diese Weise war alles natürlich etwas einfacher und weniger zeitraubend. Sie sehnte sich auf einmal wieder heftig nach New York. Statt des grimmigen grauen Basaltgebirges, des Schnees, der dünnen Stimmen aus dem Kindersanatorium und der Tage, die dunkel und unmerklich ineinander überglitten, der scharfe Geruch von Teer und faulendem Holz, wenn sie am Hudson entlangging, das grelle Licht auf blinden Mauern und riesigen roten Reklameschildern auf hohen Eisenbeinen, die rostigen Feuertreppen an den ziegelroten, verrußten Fassaden, ein schäbiges Schaufenster mit goldenen Zierbuchstaben auf der staubigen Scheibe und dahinter ein alter Kater, der neben einem Telefonbuch ein Nickerchen machte. Nick hatte recht. Man lebte dort wie eine Ratte. Alert und auf der Hut, im ständigen Bewußtsein, daß Geld ebenso unverzichtbar war wie Luft für die Lungen. Kampf machte gewisse Dinge deutlich, sogar wenn man nicht wußte, wofür man kämpfte. Frida Kühne betrachtete es als Spaß, als Lotterie. Auf jeden Fall mußte man weiterspielen, egal mit welchem Einsatz. Der Rubel mußte rollen, und zwar in deine Richtung.

Die Bühne im Piccadilly verlief parallel zu der langen Bar mit den Männern, von denen die meisten einem den Rücken zugedreht hatten. Manche behielten sogar den Mantel an. Sie trauten sich nie, einen direkt anzuschauen, sondern schielten über ihre Bierflasche in den Spiegel. Vor der Bühne standen ein paar Küchenstühle. Manchmal setzte sich dort ein Mann hin und starrte einem in die Möse. Er folgte dem Ding mit den Augen wie eine Kamera. Bei einem der Mädchen, die regelmäßig hierherkamen, hatte sie es zum erstenmal gesehen. Mit weit geöffneten Beinen, die gespreizten Finger hinter sich auf den Holzboden gestemmt, starrte sie zur verräucherten Decke hoch, den Kopf des Mannes zwischen ihren hochgezogenen Schenkeln. Erst hielt sie es für absolut schamlos, jeglichen Stolz so fahrenzulassen, um etwas derart Intimes in der Öffentlichkeit mit einem Wildfremden zu tun. Bis sie begriff, daß man in dieser Stadt alles unter den Augen aller tun konnte, weil jeder jeden anderen schon lange allein gelassen hatte und die Stadt nur eine farbenfrohe, chaotische Kulisse für den eigenen Weg zum Rand oder zum Boden der Mülltonne war.

Sie arbeitete, wenn sie Geld brauchte. Wie Frida ließ sie die Männer gewähren. Bezüglich des Tarifs konnte es kein Mißverständnis geben. Eine Minute für den doppelten Preis einer Flasche Bier. Warum wollten Männer so etwas? Weil sie als Baby nie an die Titte durften, sagte Frida, die auch schon mal ein Buch über Psychologie gelesen hatte. Hier meinen die Frauen, das sei schlecht für ihre Figur. Vielleicht war es das Bedürfnis nach vollständigem Gesichtsverlust. Es machte ihr nichts mehr aus. Und dann war der Moment gekommen, an dem etwas brach, der erste Riß in ihrer so makellosen Fassade. Es hatte angefangen mit diesen Spaziergängen entlang dem Hudson, den Gerüchen, den trägen, langen Schiffen auf dem weiten, grauwogenden Wasser. Fünf Minuten regungslos auf einer Bank einem Eichhörnchen zuschauen, das in aller Ruhe an einer Buchecker zwischen den Vorderpfoten knabberte. Der plätschernde Springbrunnen in der Halle des totenstillen Frick Museum. Der Wind, der durch eine ungemähte Grasfläche im Central Park wogte. Plötzlich konnte sie es nicht mehr: gleichzeitig mit den Kleidern auch sich selbst ablegen. Jim hatte sie allein gelassen, und die Stadt kam mit einemmal wieder heftig und voller Gerüche auf sie zu. Indian Summer. Sie hatte einen Brief an Onkel Christian geschrieben. Er hatte ihr Geld geschickt. Wieder in Kopenhagen, hörte sie, daß in Jakobshavn eine Lehrerstelle frei war.

Sie überquerte den Platz mit den Geschäften, mußte sich tatsächlich vor einem heranbrausenden Moped in Sicherheit bringen. Sie sah nur den großen leuchtenden Scheinwerfer auf sich zukommen und dann ein rotes Rücklicht, das sofort vom Nebel verschluckt wurde.

Ich habe wieder ein Ziel im Leben, hatte sie damals gedacht. Ich werde ihre Sprache lernen und dann an einer Synthese arbeiten. Ihre Kultur und unsere Technik. Das mußte sich doch verbinden lassen.

Sie mußte beide Hände zu Hilfe nehmen, um die schwere Tür der Lagerhalle aufzudrücken. Sie fuhr sich mit der Hand durchs Haar, das sich feucht anfühlte, als habe jemand sie gerade mit einer Sprühflasche besprüht.

4

Jakob Olsen betrat den Supermarkt mit einem kindlich freudigen Lächeln. Was für ein phantastisch erleuchteter Glaskäfig. Während draußen alles durch den Nebel seine Konturen verlor und sich verwischte, herrschte hier ein Paradies von Farbe, Klarheit und Präzision. Wohlgefällig ließ er den Blick über eine Reihe Gemüsedosen wandern. Erbsen. Brechbohnen. Saubohnen. Weiße Bohnen. Und ganz am Ende die schmalen, hohen Spargeldosen, die aus Holland kamen, wie auf der Dose in seiner Hand zu lesen war. Er drehte sie einmal herum und stellte sie dann wieder an ihren Platz in der Reihe. Es waren kaum Leute im Geschäft. Leise klimperte Klaviermusik aus den verdeckten Lautsprechern. Ein paar grönländische Angestellte in weißen Kitteln, abgesetzt mit breitem schokoladebraunem Rand, waren damit beschäftigt, Cornflakes-Packungen auszupreisen. Er blieb stehen und schaute der Funktionsweise der Preispistole zu, bis der junge Mann mit seiner Arbeit aufhörte, um eine neue Rolle in den Apparat einzulegen.

Die rechteckige Ordnung der Stellagen, Regale, Gefrierschränke und stählernen Drehständer fand seine Billigung. Hier war über alles nachgedacht worden. In der Obstabteilung hatte man vor der gläsernen Rückwand Orangen aufgetürmt. Eine grellorange Wand bewachte die Äpfel, die Salatköpfe, die Plastikbeutel mit den abgewogenen Kartoffeln in den weißen Behältern darunter. Es waren vor allem die großen Mengen jedes Artikels, die hier unter dem unerbittlichen Neonlicht auslagen, die ihm dieses Gefühl von Ruhe und Ausgeglichenheit gaben.

Ein kleiner grönländischer Junge in dunkelblauem Trainingsanzug spielte mit ausgebreiteten Armen Flugzeug auf den Gängen. Jakob Olsen sah den ernsten Ausdruck auf dem runden Kindergesicht. Das Kind hielt den Mund fest geschlossen. Vielleicht spielte es Segelflugzeug. Seine Mutter rief. Der kleine Junge drehte ab und glitt auf sie zu und sah dann neben seiner Mutter auf Zehenspitzen in den Gefrierschrank mit Fleisch und Fisch. Die Frau nahm ein in straffe Plastikfolie eingeschweißtes Stück Fleisch nach dem anderen aus dem Gefrierschrank, betrachtete es eingehend und legte es dann wieder zurück. Wahrscheinlich verstand sie mehr von Fleisch als der Schlachter im dänischen Schlachthof, der es ausgebeint hatte.

Rechts hinten im Supermarkt war eine Ladentheke mit Schreibutensilien und ein paar dänischen Büchern. Auch die Bücher waren mit einer straffen Plastikhaut versehen.

Er suchte nach Umschlägen, fragte die Verkäuferin, ob es keine kleineren Mengen gebe als diese Hunderterpackungen. Sie schüttelte stumm den Kopf. Große Mengen waren vielleicht gut für die Gemütsruhe, solange man nicht gezwungen war, sie zu kaufen. Schließlich brauchte er nur einen einzigen Umschlag. Seufzend zog er sein Portemonnaie hervor und zahlte mit einem Zehnkronenschein. Er steckte den Packen Umschläge in die Manteltasche und nahm das Wechselgeld entgegen.

Es war noch immer neblig. Vom Supermarkt aus gesehen glich die Welt draußen einer Malerleinwand voll schmutziggrauer und torfbrauner Kleckse, zwischen denen sich manchmal etwas bewegte; Menschen, ein Rücklicht, Hunde. Er stieg auf die Rolltreppe zur Konditorei.

Über dem Butikstorv franste der Nebel bereits aus. Als erstes wurde einer der gelben Briefkästen vor dem Postamt sichtbar, und dann tauchte das braune, hölzerne Viereck des Kiosks mit seiner Umrahmung aus bunten Reklamefähnchen aus dem Nebel auf.

Jakob Olsen sah dem Abziehen des Wasserdampfs zu, der wie durch eine Abzugshaube am Himmel verschwand. Er rührte in seinem Kaffee und dachte über seine Position als Beobachter nach.

Ein Bild. Davon hatten die Beamten im Justizministerium gesprochen. Was wir brauchen, ist ein Bild der Situation. Nicht zu sehr in die Details gehen. Dann laufe man Gefahr, daß jedes Bruchstück ein eigenes Ganzes suggeriere, und habe am Ende so viele Berichte, wie es Details gab. Ideal wäre natürlich ein Bericht, der allen Details gerecht werde. Ein Ding der Unmöglichkeit also.

Von allen Seiten kamen jetzt Leute auf den Supermarkt zu, als hätten sie am Rande des Platzes auf das Verschwinden des Nebels gewartet. Auch die Konditorei füllte sich langsam mit einkaufenden Frauen. Die Sonne hatte jetzt fast die Oberhand gewonnen. Er hatte hundert Umschläge in der Tasche, aber der Brief an Inge lag im Hotel. Blöd, wo er hier gegenüber dem Postamt saß. Er nutzte das auf einem Plastikständer vor ihm stehende Angebot der Konditorei nicht – Heute zweite Tasse Kaffee gratis –, stand auf und ging zur Rolltreppe.

Gleich vor dem Ausgang des Supermarkts führte eine große blonde Dame mit einer Kette aus groben Holzperlen auf dem weißen Angorapulli einer Gruppe Grönländerinnen ein elektrisches Messer vor. Sie drückte das Messer leicht an einen Apfel, der in dünne, frische Fruchtfleischscheiben zerfiel. »Schneiden ist in Zukunft nicht mehr nötig«, hörte er sie enthusiastisch erklären. »Diese Kraft können Sie sich für etwas anderes aufheben.«

Die Verkäuferin hatte recht. Er sah den Augen der Grönländerinnen an, daß sie sich die Arbeitsersparnis des Geräts konkret vorstellen konnten. Daß sie die Müdigkeit in ihrem Arm spürten, während sie dem elektrischen Messer zuschauten, das jetzt ein Stück Roastbeef in dünne, blutrote Scheiben zerteilte. Deshalb sind sie so wehrlos gegen die Technik, dachte er, genau wie wir vor hundert Jahren.

5

Er ging hinaus und stolperte fast über die alte Frau mit ihrem braunen Fischnetz. Er entschuldigte sich. War es dieselbe Frau? Er betrachtete ihr zahnlos lächelndes Gesicht, das mit feinen Falten und Fältchen überzogen war. Jetzt hatte sie kein *mattak*, sondern dunkle Fleischklumpen in ihrem Netz liegen. Bärenfleisch? fragte er. Die Frau nickte, kam dann mit ihrem Netz überraschend schnell auf die Füße und packte seinen Arm mit festem Griff. Sie deutete in Richtung Postamt und sagte etwas, das er nicht verstand. War sie schlecht zu Fuß und bat ihn, sie zu einem günstigeren Verkaufsort für ihr Bärenfleisch zu begleiten? Die Frau sagte wieder etwas. Jetzt hätte er Lina brauchen können. So nickte er nur und schaute auf die hohen gipsfarbenen Kamikken der alten Frau, die neben ihm über das Pflaster des Platzes schlurfte. Sie war ein ganzes Stück kleiner als er. Hier und da liefen graue Streifen durch das dünne, schlaff herunterhängende schwarze Haar. Die Haut an ihrer Hand, die noch immer, jetzt allerdings locker, auf seinem Arm lag, war wettergegerbt wie ein Bauernnacken. Nein, zur Post wollte sie nicht. Sie schoben sich weiter an ein paar Häusern entlang, aus denen die gleiche laute Radiomusik drang. Zwei Hunde liefen, ihre Spuren beschnüffelnd, ein Stück hinter ihnen her und zogen erst ab, als die alte Frau sich umdrehte und ihnen, netzschwenkend, mit hoher, gellender Stimme etwas zuschrie.

Die Frau zog ihn jetzt auf die andere Straßenseite in Richtung eines ockergelben Hauses, vor dem zwei kleine Kinder in dem räderlosen Wrack eines Volkswagens spielten. Sie ließ seinen Arm los und ging vor ihm her, jetzt plötzlich schnell und mit kurzen Schritten. Er blieb stehen. Er fühlte sich auf einmal ein wenig zum Narren gehalten. Was wollte das Weib von ihm? Dicht vor der

Verandatreppe blieb die Frau stehen, drehte sich um und winkte.

Er verstand nicht, was sie von ihm wollte, aber eine Weigerung hätte wahrscheinlich eine Beleidigung bedeutet. Jeder hatte ihm erzählt, daß Grönländer äußerst gastfreundlich waren. Außerdem war er schon neugierig, wie so ein Haus von innen aussah. Daher nickte er und betrat mit langen Schritten den Hof. Die Kinder hielten in ihrem Spiel inne und sahen ihn, aus den fensterlosen Türen hängend, an.

Die Frau wartete in der offenen Tür auf ihn. Es war schwer, ihr Alter zu raten. Ihr Körper war mit wahllos übereinandergezogenen Kleidungsstücken bedeckt. Unter dem hellrosa, mit einem französischen Lilienmotiv bedruckten Sommerkleid lugte der Saum eines schiefhängenden schokoladebraunen Rocks hervor.

Er betrat den kleinen Flur. Ein schwer zu definierender Geruch von Fleisch und Medikamenten, Fett und Hygiene.

Im großen Zimmer war ein Bett unter dem Fenster an die Bretterwand geschoben. Darin lag ein alter Mann. Das Licht fiel auf seinen Stoppelbart und die kleinen eingefallenen Augenhöhlen. Er trug einen schwarzen Wollpullover mit hohem Kragen, wodurch sein Kopf wie vom Rest des Körpers getrennt wirkte. Er folgte ihm wortlos. Jakob Olsen nickte dem Kopf zu und sah dann zu der Frau, die ihm kurz bedeutete, am Holztisch mitten im Raum Platz zu nehmen. Sie verschwand in der Küche und kam gleich darauf mit drei goldfarbenen Bierdosen und einer Schachtel Zigaretten zurück. Sie zog die Laschen hoch und schob ihm eine Dose zu, half dann dem Mann, sich aufzurichten, und drückte ihm eine Bierdose in die dünne, knochige Hand, die sich wie eine Klaue darum schloß. Sie setzte sich Jakob Olsen gegenüber und steckte sich eine Zigarette an, die sie im Mundwinkel herunterhängen ließ. Dadurch wirkte sie noch älter. Er griff nach der kalten Bierdose. Der Mann im Bett machte gluckernde Geräusche. Draußen kreischten die Kinder in dem Autowrack. Vorsichtig nahm er einen Schluck von dem eiskalten Bier.

Was machte er hier? Die Frau lachte breit, nahm die Zigarette aus dem Mund, um paffend und hustend eine große Rauchwolke auszustoßen. Dann erhob sie sich und ging zu einer alten Anrichte mit Kugelfüßen, auf der eine Apfelsinenkiste stand. Sie griff, den breiten Rücken ihm zugewandt, in die Kiste. Es klang, als werde in Holzspielzeug herumgewühlt. Der alte Mann mit der sich scharf abzeichnenden Nase eines Kranken hatte sein Bier ausgetrunken und drückte die Dose jetzt mit leisen Knackgeräuschen zusammen. Seine Hände waren noch stark, wollte er damit vielleicht sagen. Jakob nickte ihm freundlich zu. Er hatte es verstanden. Neben dem Fenster hing ein Foto aus *National Geographic.* Ein Kamel stand auf einem kleinen Sandhügel in einer ockerfarbenen Wüste, in die der Wind scharf umrissene Wellen gelegt hatte. Darunter hing ein mit Tesafilm befestigtes Zeitungsfoto behelmter Soldaten.

Die Frau hatte inzwischen gefunden, was sie suchte. Sie stellte die weißglänzende, aus Walfischbein geschnitzte Figur auf den Tisch. »Tupilák«, sagte sie. »Tupilák you.«

Er hatte diese kleine Figur zu Hunderten im Supermarkt gesehen. Sie war ungefähr zwanzig Zentimeter hoch und stellte eine Männerfigur dar, deren Hinterkopf in den hochragenden Kopf eines nach Luft schnappenden Fisches überging. Aus dem Bauch wuchs ein Eisbärkopf und hinten, in Gesäßhöhe, ein platter, gespreizter Schwanz wie der eines Otters. »Tupilák!« sagte jetzt auch der alte Mann im Bett mit einem Anflug von Begeisterung.

Jakob Olsen ließ die Finger über den polierten Walknochen gleiten. Die alte Frau schrieb mit einem Kugelschreiber etwas auf den Rand einer Zeitung und schob sie ihm dann über den Tisch zu. Die Kippe verbrannte ihre dunklen Finger, aber sie schien es nicht zu spüren.

Fünfzig Kronen wollte sie dafür haben. Doppelt soviel wie im Supermarkt, wo sie das Ding gekauft oder gestohlen hatte. Er begriff, daß Handeln keinen Sinn hatte. Zahlen war die einzige Möglichkeit, hier rasch wegzukommen. Er suchte in seiner Manteltasche nach dem Portemonnaie und fühlte den Packen Umschläge. Er nahm einen heraus, tat fünfzig Kronen hinein und gab ihn der Frau. Der alte Mann hing in seinen Kissen und gab zustimmende Keuchlaute von sich.

Jakob Olsen stand auf. Die Frau zog die Scheine aus dem Umschlag, betrachtete sie und steckte sie dann wieder zurück. Sie klebte den Umschlag zu, legte ihn vor sich auf den Tisch und schlug dann mit der flachen Hand darauf. Diese Handlung entlockte dem alten Mann im Bett ein hohes Gewieher.

Jakob Olsen nahm die Figur vom Tisch, winkte unbestimmt mit der freien Hand in den Raum und ging dann rasch aus dem Zimmer und die Verandatreppe hinunter. Die Kinder waren verschwunden.

Der Himmel war klar und blau. Seine Irrwege durch den Nebel kamen ihm jetzt bereits unwirklich vor. Er steckte die Figur in die Manteltasche und hörte etwas zerbrechen. Er fühlte schnell nach. Er nahm die Figur aus der Tasche und zog dann die Brille an einem Bügel heraus. Ein Glas war zersplittert. Einen Augenblick stand er so da, in der einen Hand die Figur, in der anderen die kaputte Sonnenbrille. Dann warf er die Brille wie ein Hufeisen schwungvoll über die linke Schulter hinter sich auf die Straße und ging Richtung Hotel.

6

Er fand Lina Krogs Nachricht mit einem Gummi um seinen Schlüssel gebunden. Er stellte die Figur auf den Empfangstresen. Wegen Überstunden in der Krabbenfabrik sei das Treffen heute abend um eine Stunde verschoben. Eine deutliche, eckige Handschrift. Unterzeichnet mit Lina K. Er steckte den Zettel in die Tasche.

Nick Morello trat aus der Bar in die Halle. Er trug ein feuerrotes Polohemd. In der einen Hand hielt er ein Blatt Notenpapier.

»Lina war vorhin da«, sagte er. Hinter seinem Ohr steckte ein gelber Bleistiftstummel.

»Ich weiß«, sagte Jakob Olsen. »Sie hat mir eine Nachricht hinterlassen.«

Nick Morello hob die Figur hoch.

»Im Supermarkt gekauft?«

»Nein, von einer alten Frau.«

»Dann hast du zuviel bezahlt.«

Jakob Olsen nickte resigniert und nahm dem Pianist die Figur aus den kleinen Händen. »Ich weiß«, sagte er. »Ist egal.«

»Weißt du, was das ist?« fragte Morello. Er grinste und steckte den Zeigefinger in das weit geöffnete Fischmaul.

»Ich weiß, wie es heißt«, sagte Olsen. »Tupilák.«

»Genau. Aber weißt du, was das ist? Das sind so eine Art Zauberfiguren. Die alten Schamanen von früher konnten sie lebendig machen und hetzten sie dann zu Hunderten ihrem Feind auf den Hals.«

Jakob Olsen sah auf die scheußliche Figur in seiner Hand.

»So klein«, sagte er.

»Vielleicht waren sie in Wirklichkeit größer«, mutmaßte Morello und ging, mit dem Notenpapier wedelnd, zur Tür hinaus. Darüber mußte Olsen lachen. In Wirklichkeit. Er steckte das Ding in die Tasche.

Mit dem Schlüssel in der Hand ging er den Hotelflur entlang, wo es durchdringend nach Bohnerwachs roch.

Auf seinem Schreibtisch lag ein Eilbrief von Inge, adressiert in ihrer kleinen, runden Schrift, kompakt und gerade. Er öffnete den Umschlag. Das erste, was er sah, war sein eigener Name und seine Adresse, links oben im Briefkopf. Er roch an dem mit dünnem violettem Papier gefütterten Umschlag. Nichts.

Lieber Jakob,

heute haben wir Ole eingeäschert. Edwin, Erik und ich. Tante Margaretha konnte wegen ihrem Bein nicht kommen. Ich war noch nie in Grundtvigs Krematorium gewesen. Äußerst professionell. Alles automatisch. Vorhänge gehen auf und zu, der Sarg senkt sich plötzlich, und aus unsichtbaren Lautsprechern klingt Mozarts Klaviersonate Nr. 8. So warst Du doch auch mit dabei, denn für Ole selbst wäre das nicht nötig gewesen, die Musik. Und so saßen wir also zu dritt in der ersten Reihe dieser kalten Marmoraula. Und der Mann vom Bestattungsunternehmen natürlich. Er war noch jung, Erik und Edwin lachten ihn ganz offen aus, weil er sich so bemühte, sowohl mitfühlend als auch unsichtbar zu sein. Was für ein Beruf! Zum Glück hatte die Platte am Ende einen ordentlichen Kratzer. Davon sprachen wir hinterher in der Cafeteria noch, als die nächste Trauergesellschaft bereits in die Aula geführt wurde. Der Schwarzrock entschuldigte sich natürlich für den Kratzer und fragte, ob wir die Urne wirklich nicht nach Hause geliefert haben wollten. Dann kämen allerdings noch Transportkosten hinzu. Au ja, Mama, sagte Edwin, dann stellen wir Opa auf den Tisch. Der junge Mann ging schockiert weiter und tat so, als hätte er Edwins Bemerkung nicht gehört. Es hörte sich natürlich auch sehr ungebührlich an, aber muß man denn trauern, wenn jemand stirbt, der so alt geworden ist wie Ole? Wir haben jetzt unsere Erinnerungen an ihn, und die sind schöner als die Wirklichkeit seiner griesgrämigen letzten Jahre.

Hinterher haben wir zu dritt im Fiskehuset zu Mittag gegessen. Lachs und Weißwein. Vor allem Erik wußte noch vieles von seinem Großvater. Wie er als kleiner, sechs-, siebenjähriger Junge mit Ole zum Reiten ging. Ich habe nie gewußt, daß er die Jungs früher heimlich mit Süßigkeiten, Limonade und einer großzügigen Zulage zu unserem Taschengeld verwöhnt hat. Sie hatten Ole damals versprechen müssen, uns nichts davon zu erzählen. Kinder sollten eigentlich von ihren Großeltern erzogen werden, denke ich manchmal. Erfahrung ohne den Druck der direkten Verantwortung macht einen wahrscheinlich netter im Umgang mit ihnen. Ole hat uns viel mehr erlaubt als ihr, sagten sie. Ich habe ihnen dieses rosarote Bild, das sie von ihrem Opa und ihrer Oma haben, gelassen. Ich denke, Ole hat es manchmal leid getan, wie er Dich erzogen hat, und wollte auf diese Weise etwas gutmachen. Typisch Ole. Etwas Nettes tun, aber so, daß derjenige, für den es eigentlich bestimmt war, es garantiert nicht erfährt. So weitergedacht, war er vielleicht ganz anders, als wir ihn kannten. Aus seinem Album habe ich ein Foto von ihm genommen. Das lasse ich für Dein Arbeitszimmer rahmen. Er sieht darauf streng aus, vor dem blühenden Flieder in seinem Garten, aber so sieht er auf allen Fotos aus, die es von ihm gibt. Sein Haus haben wir versiegeln lassen, bis Du wieder da bist. Um die Geldangelegenheiten kümmert sich Notar Liebkrog. Er ruft Dich noch an. Ich hoffe, Du bist bald fertig mit Deiner Untersuchung. Hier spricht zum Glück niemand mehr über den Fall E. Alles Liebe und Grüße von Deinen beiden Söhnen. Sei innig umarmt. Deine Inge

Liebe Inge,

schnell noch, um diesen Brief zu beenden, eine Reaktion auf Deinen Brief, den ich gerade erhalten habe. Oles Bestattung. Kühl und sachlich und mit einem Kratzer am Ende. Das scheint genau zu dem zu passen, wie sein Leben verlief. Die letzten Tage habe ich ihn manchmal um seine unverrückbaren Überzeugungen beneidet. Aber das habe ich bereits ausführlich geschildert. Außerdem hatte er dazu auch noch, im Gegensatz zu mir, das passende Gesicht. Wenn ich noch einmal mit ihm sprechen könnte, würde ich ihn ganz direkt fragen: Wird man mit den Jahren nicht gerade unschlüssiger, Ole, und verbirgt man das nicht hinter einer immer starreren, entschiedeneren Haltung, die dann als Weisheit interpretiert werden soll? Sind du und die meisten deiner Kollegen nicht aus Angst konservativ geworden, Ole? Denn woraus bestand dein Leben, außer aus Macht und Autorität? Als die wegfielen, standst du auch gleich allein da. Wie nähert man sich Menschen, ohne gleich zu urteilen? Das konntest du nicht. Und noch eine letzte Frage: Könnte es sein, daß wir durch die Verurteilung eines Mörders auch die Angst vor unserem eigenen Körper beschwören? Natürlich, Inge, das wird Dir längst klar sein, sind das Fragen, die ich mir eigentlich selbst stelle. Gott sei Dank spricht daheim niemand mehr über den Fall Eira. Ich bin fast fertig mit meiner Untersuchung. Ich hoffe, daß mein Bericht dazu führt, daß das Schweigen über Jón Eira anhält. Auf jeden Fall komme ich nächste Woche nach Hause. Ich sehne mich nach Deinen Gesten, Deiner Stimme, Deinen Händen, die mich schon jetzt ab und an in meinen Träumen streicheln. Jetzt geht dieser viel zu lange Brief Deines »unschlüssigen Beobachters« per Eilboten an Dich ab. Dein Dich innig liebender Jakob

Er stand auf und suchte in den Manteltaschen nach dem Packen mit den Umschlägen. Erst kamen die Figur und der

Stein zum Vorschein. Er stellte sie nebeneinander auf den Schreibtisch, adressierte den Umschlag, steckte den Brief hinein und schrieb dann bereits gähnend links oben auf den Umschlag »Per Expreß«.

Er fühlte sich müde, aber zufrieden. Vielleicht würde Inge nicht alles verstehen, was darin stand. Vielleicht mußte man dafür erst hier gewesen sein, aber es war gut, daß er versucht hatte, es aufzuschreiben.

Er zog die Übergardinen zu, schlüpfte aus den Schuhen und legte sich angezogen aufs Bett. Ein Nickerchen. Darauf hatte ein dreiundsechzigjähriger Beobachter doch wohl Anspruch.

Jakob Olsen fluchte, als er beim Aufwachen auf die Uhr sah. Er schoß so ungestüm hoch, daß das Bett krachte, stand auf und ging eilends ins Bad. Beide Hände schwer auf den Rand des blitzendweißen Waschbeckens gestützt, betrachtete er sein Gesicht. Dann drehte er den Kaltwasserhahn auf, beugte sich vor und schüttete sich mit beiden Händen Wasser an die Wangen. Er hatte noch fünf Minuten, um rechtzeitig in die Lagerhalle zu kommen.

7

Draußen stürzten sich die Mücken auf ihn, als wäre er weit und breit der einzige Mensch. Er kniff die Augen zusammen, jetzt bereits seine Sonnenbrille vermissend, und fuchtelte, während er vorwärtsstürmte, mit den Armen um sich. Nie rückten die Schatten hier von der Stelle. Dadurch schienen sie für sich Substanz zu besitzen, eine Welt neben der Welt. Er hörte Hundegebell, richtete den Blick aber unverwandt auf die mausgraue, verwitterte Bergwand, wo Tausende von Eiderenten auf Vorsprüngen neben- und übereinandersaßen, wie in einem Stadion. Darüber kreisten

Möwen, mit Bäuchen, die im Flug schneeweiß aufleuchteten.

Zwei Grönländer spielten lautlos Korbball auf einem winzigen Aschenplatz zwischen zwei Häusern. Nirgends sah er einen Korb hängen. Sein Herz schlug hämmernd gegen den Mantel. Du bist keine zwanzig mehr, dachte er und verlangsamte seine Schritte. Auf den Holzveranden saßen Männer und Frauen und tranken bei gedämpfter Unterhaltung Bier. Er haßte es, zu spät zu kommen. Schon immer.

Vor dem verschlossenen Zaun um Rasmussens Geburtshaus stand eine Gruppe grönländischer Jugendlicher, Jungen und Mädchen, mit ihren Motorrädern. Sie lachten, als er die Mücken auf seinen Wangen totschlagend vorbeiging. Hinter seinem Rücken wurden die Maschinen gestartet. Für einen Moment war da die grundlose Angst, sie würden kurzen Prozeß mit ihm machen und ihn totfahren. Grönlands treuen Sohn. Sie rasten an ihm vorbei. Die Mädchen in schwarzen Lederjacken drückten die breiten Hintern auf dem Soziussitz nach hinten und hielten mit den Armen die Taillen der behelmten Fahrer umklammert. Der braune Staub, der über der Straße hängenblieb, ließ ihn husten. Hinter einem Haus plätscherte Wasser in einen Eimer. Dort befand sich die Lagerhalle, die Reihe der weißen Hebebalken warf schnurgerade Schatten schräg auf die rotbraunen Steine. Neben der weit geöffneten Tür stand Linas Auto.

Keuchend ging er den Gang entlang und drückte den Griff an der Eisentür nach unten. Auf der hellerleuchteten Bühne saßen vierzehn Grönländer an einem langen Tisch vor der Blockhüttenkulisse. Alle – Männer wie Frauen – trugen einen himmelblauen Arbeitsanzug mit dem großen weißen N für Nystrups Garnelenfabrik auf der linken Brusttasche. Der Rauch ihrer Zigaretten kringelte sich im Schein der Spots in die Höhe. Vor lauter Eile hatte Jakob Olsen seine Aktentasche mit den Unterlagen vergessen.

Durch die Kulissentür kam Lina Krog mit einem Holztablett voll grüner Bierdosen herein. Sie trug Jeans, einen weißen Rollkragenpullover und schwarze Schaftstiefel, die mit einem Nietenmuster verziert waren, das auffunkelte, als sie um den Tisch ging und die Dosen hinstellte. Noch immer hatte keiner ihn gesehen. Er stieg über die linke Seitentreppe auf die hellerleuchtete Bühne. Für einen Moment sah er gar nichts.

»Ah«, sagte Lina Krog. »Ich dachte, ich geb ihnen schon mal ein Bier. Sie kommen gerade von der Arbeit.«

»Tut mir leid«, sagte Jakob Olsen. »Ich war eingeschlafen, wie ein alter Mann.«

Er sah auf ihre knochigen Finger, die die Dosen verteilten. In der Mitte des langen Tisches waren zwei Stühle freigehalten. Er zog den Mantel aus, hängte ihn über die Rükkenlehne des einen leeren Stuhls und setzte sich dann. Rings um ihn das Aufreißgeräusch der Bierdosen. Er blickte durch das gemalte Fenster auf eine leicht abgeblätterte, schmutzigweiße Schneelandschaft.

Die Grönländer saßen weit abgerückt vom Tisch. Einige Männer hatten die Beine übereinandergeschlagen. Der Geruch von Bier und Rauch vermischte sich mit dem Duft von Nystrups Garnelen. Sie hatten kleine, blitzsaubere Hände. An einigen Fingern fehlte das letzte Glied. Lina setzte sich neben ihn.

»Ich habe in der Eile meine Papiere vergessen«, sagte er. »Aber es macht nichts. Ich kenne den Fall allmählich auswendig.«

Drei Frauen und elf Männer. Ihre Gesichter blickten ihn freundlich und rund an. So schauten sie immer. Freundlich war daher vielleicht nicht die richtige Bezeichnung.

Lina begann, auf grönländisch zu ihnen zu sprechen. Dann sagte sie, leiser, zu Olsen: »Ich habe sie willkommen geheißen, ihnen für ihr Kommen gedankt und den Sinn dieser Zusammenkunft erklärt.«

Vor ihr stand ein kleiner Recorder mit eingebautem Mikrofon. Sie drückte zwei Tasten herunter. »Es ist praktisch, daß wir es hier machen«, sagte sie und zeigte auf den Apparat. »Hier habe ich alles bei der Hand. Auch Bier, obwohl das eigentlich für die Premiere morgen bestimmt war.«

»Ich wüßte gern, was für ein Mann dieser Jón Eira war«, sagte er.

Lina Krog übersetzte. Einen Dolmetscher zur Verfügung zu haben, ist angenehm für einen Beobachter. Er hat genug Zeit nachzudenken, die Wirkung seiner Frage auf die jeweiligen Personen zu beobachten.

Für einen Moment wurde es still, und fast jeder trank einen Schluck Bier. Dann begann ein Grönländer, beinahe noch ein Junge, zu sprechen. Er legte die Hände mit den Handflächen nach oben vor sich auf den Tisch. Seine breiten Nasenflügel vibrierten. Von Zeit zu Zeit wurde am Tisch zustimmend genickt. Jakob Olsen lauschte den kehligen Lauten des jungen Mannes. Warm und freundlich, wie das zufriedene Gackern eines Huhns. Er wartete auf die Übersetzung.

»Jón Eira war der beste Jäger in Eqe«, sagte Lina. »Wenn er eine Fährte sah, konnte er das Tier zeichnen und ihm einen Namen geben. Zu einem guten Jäger kommen die Karibus von selbst. Er war unerschrocken. Ich war noch zu klein, um es selbst zu erleben, aber Jón Eira tötete eine Bärin mit einem Messer. Er rannte weg. Sie war schneller als er. Er wußte, was er zu tun hatte. Als er ihren Atem riechen konnte, blieb er stehen, drehte sich um, und sie lief mit dem Herzen in sein Messer.«

»Gibt es noch jemand, der etwas über Eira sagen will?« fragte er.

Ein Kautabak kauender Mann mit einem dunklen und einem hellen Ohr nickte. Lina übersetzte:

»Er füllte seine Lungen mit Luft. Lieder. Wenn er von großer Kraft erfüllt war und Worte nicht mehr genügten. Er war der Erzähler. Der Prophet der Wahrheit.«

»Welcher Wahrheit?« fragte Olsen. »Können Sie ein Beispiel für eines seiner Lieder geben?«

Der priemende Mann sah sich verlegen grinsend in der Runde um.

»Er traut sich nicht«, sagte Lina Krog und wandte sich dann an einen der jüngeren Männer auf der anderen Seite des Tisches, den sie mit Umanatsiaq ansprach. Der junge Mann antwortete auf dänisch. Sein schwarzes Haar war kürzer geschnitten als das der anderen Männer.

»Die Wahrheit ist das, was erzählt wird«, sagte er. »Eines von Jón Eiras Liedern.« Er senkte den Kopf, zog die Nase hoch und stützte die Hände auf die weit gespreizten Knie. Aus seiner Kehle kam erst ein dunkles Brummen und dann das Wort *umiak*, *umiak*, von den anderen lachend mitgesprochen und mitgesungen. Lina Krog lachte auch.

»Das ist ein Lied von Umanatsiaq«, sagte sie. »*Umiak* bedeutet Bier.« Sie drückte auf die Pausentaste des Recorders und stand auf.

»Das Bier geht natürlich auf meine Rechnung«, sagte Jakob Olsen.

»Willst du das wirklich tun«, sagte sie. »Zeugen Bier ausgeben?«

»Als Richter natürlich nicht, aber als Beobachter in diesem Moment schon«, sagte Jakob Olsen. »Aber sicher.«

Es wurde kräftig geraucht. Der Zigarettenrauch reizte seine Schleimhäute. Er hatte selbst auch Lust auf Bier.

»*Umiak*«, sagte er und machte Trinkbewegungen. Sie lachten und ahmten seine Geste nach.

Als alle mit Getränken versorgt waren und Jakob Olsen

eine kühle Bierdose in der Hand hielt, begann Umanatsiaq wieder zu summen. Einige Männer fielen mit ein. Es klang wie ayayay. Danach verstand er lange Zeit nichts mehr. Lina schrieb ab und zu etwas auf einen kleinen Block. Das Lied, halb gesungen, halb rezitiert, kam dem Sänger träge über die breiten Lippen. Es klang bedächtig und eintönig.

»Es ist ein Lied über früher und jetzt«, sagte Lina Krog, als Umanatsiaq die Hände von den Knien nahm. Sie griff zu ihrem Block.

Glänzend und weiß sind die Schränke
in denen wir das Eis bewahren
wir Menschen aus Eqe

Stark und aus Holz sind die Wände
die wir gebaut aus Schutz vor den großen Winden
wir Menschen aus Eqe

Das Licht entzünden wir
nicht länger mit der Tranlampe
wir Menschen aus Eqe

Wir haben es warm im Winter
und träumen von Bier und Karibus
wir Menschen aus Eqe

Nicht länger Jäger, heulen wir
gemeinsam mit unseren Hunden
wir Menschen aus Eqe

Jede Woche bekommen wir Lohn
kaufen wir Fleisch und lachen
wir Menschen aus Eqe

Wir singen in unseren Häusern
an dem Ort bei den Eisbergen
wir Menschen aus Eqe, aus Eqe.

»Ein schönes Lied«, sagte Jakob Olsen. »Fröhlich und traurig zugleich, aber mit der Sache hat es ja nicht direkt was zu tun.« Er wandte sich auf dänisch an Umanatsiaq.

»Was meinst du mit ›Die Wahrheit ist das, was erzählt wird‹?«

Umanatsiaq lachte vorsichtig und rieb sich über das Kinn.

»Worte«, sagte er. »Nur Menschen sprechen. Das meine ich.«

Jakob Olsen mußte aufpassen, daß es ihm nicht so erging wie Marius Sivertsen, dem Untersuchungsrichter aus Godthåb. Eine Diskussion zwischen einem Juristen und einem Liedersänger war sinnlos. Daher sagte er: »Menschen sprechen. Was meintest du, als du zum Untersuchungsrichter von Godthåb sagtest: ›Die Menschen, die Jón Eira sind‹? Das warst du doch, der das sagte?«

Umanatsiaq beriet sich nun kurz und schnell mit den anderen, bevor er dem Beobachter eine Antwort gab.

»Hier in Jakobshavn ist das schwer zu verstehen«, sagte er. Er zeichnete kleine Quadrate in die Rauchschwaden über dem Tisch. »Hier wohnt jeder in einem Haus mit einer Tür. Darum lieben wir auch den Fernseher. Dafür sparen wir. So sehen wir Menschen aus Eqe doch wieder gemeinsam dasselbe.«

»Jeder hat den *angagók* in Karin Esbjerg gesehen?« fragte Olsen. »Ich meine Sagarssók, Jón Eiras Großmutter.«

Lina Krog übersetzte die Frage. Es wurde einhellig genickt. Eine leere Bierdose rollte vom Tisch auf den Boden.

»Also hätte jeder den *angagók* aus Sagarssók vertreiben können?«

Jetzt wurde nicht genickt. Der alte Mann mit dem erfrorenen rechten Ohr, das kleiner und dunkler war als das andere, sagte etwas.

»Jón Eira war der beste Jäger. Er verfehlte sein Ziel nie. Wir aßen von dem Fleisch, das er fing. Er stand auf gutem Fuß ...«

Der Alte hörte plötzlich zu sprechen auf und begann nervös kauend zu kichern. Auch ein paar andere hielten sich lachend die Hand vor den Mund.

»Warum erzählt er nicht weiter?« fragte Olsen.

»Er will nicht zugeben, daß er noch an Geister glaubt«, sagte Lina Krog. »Die Geister, die den Jägern das Wild zutreiben.« Sie streckte das Kinn vor und sah den priemenden Mann ernst an.

Olsen nickte, rieb sich mit der rechten Hand den Nacken unter dem Hemdkragen. Es war warm auf der Bühne. Aber eine gute Beleuchtung war für einen Beobachter auch etwas wert.

»Lebt Sagarssók wieder?« fragte er.

Lina Krog sah ihn zögernd an.

»Ich möchte, daß du diese Frage übersetzt«, sagte er. »Solche Dinge hat Sivertsen übersehen.«

Jetzt waren es die drei Frauen, die zu lachen anfingen, als habe er einen Scherz zum besten gegeben. Sie schwatzten gleichzeitig, lebhaft und mit hoher Stimme.

»Dieses Mädchen da ist schwanger«, sagte Lina. »Die anderen necken sie jetzt, daß sie Sagarssók zur Welt bringen wird.«

Plötzlich stand Umanatsiaq auf, stellte sich auf seinen Stuhl und breitete die Arme aus. Er blickte nach links und nach rechts in die Scheinwerfer und rief: »*Umiak, umiak.*«

Lina Krog seufzte. »Dacht ich mir's doch«, sagte sie. »Da geht mein ganzer Vorrat hin.« Sie machte eine Handbewegung, die Umanatsiaq sofort verstand. Er sprang vom Stuhl und verschwand durch die Kulissentür. Jakob Olsen hörte, wie der Eisschrank aufging.

»Sie trinken es wie Wasser«, sagte sie. »Auch die Frauen. Es ist unglaublich, wieviel sie schaffen.«

Umanatsiaq kam mit einem Arm voll Dosen auf die Bühne. Sich vorsichtig vorbeugend, schob er sie auf den

Tisch. Mehrere leere Bierdosen rollten jetzt auf dem Boden herum. Hat mehr Ähnlichkeit mit einer Fete als mit einer Anhörung, dachte Olsen. In meinem Bericht werde ich der Wahrheit in diesem Punkt etwas Gewalt antun müssen.

»Was ist ihre Meinung zu dem Gerichtsurteil?« sagte Olsen. »Würdest du sie das mal fragen?«

Die meisten Grönländer hatten ihren Stuhl inzwischen noch weiter zurückgeschoben. Einige saßen jetzt mit der Bierdose in der Hand, ihm den Rücken halb zukehrend, da. Niemand schien noch auf Lina Krogs Übersetzung seiner Frage zu achten. Sie glichen Kindern, die sich beim Unterricht langweilen. Er blickte über den Tisch mit den Bierdosen. Durch die gleichen Overalls ähnelten sich die Grönländer noch mehr als sonst. »Umanatsiaq«, sagte er in seiner eigenen Sprache, »hast du meine Frage verstanden?«

Der junge Mann nickte, beugte sich vor und schob die Bierdosen, die zwischen ihnen standen, beiseite, als wolle er seinen Worten einen Weg freimachen. »Was in Eqe passiert ist, wird in Godthåb erzählt. Kopenhagen liegt noch weiter von Eqe entfernt.«

Jakob Olsen nickte. Er glaubte, Umanatsiaq verstanden zu haben.

»Man muß in Eqe sein, um es zu verstehen?« fragte er.

Lina Krog übersetzte seine Frage. Er begann wahrhaftig selbst schon, ein bißchen herumzuorakeln. So konnte es zumindest aufgefaßt werden. Die Aufmerksamkeit war wieder da. Es war schwer auszumachen, ob dies durch seine Frage kam oder weil alle ihr Bier schon fast wieder geleert hatten.

Sie nickten lebhaft, als Umanatsiaq antwortete.

Lina Krog sagte: »Er sagt, daß man in Eqe sein muß, um zu verstehen, was in Eqe passiert ist.«

»Wie der Untersuchungsrichter Sivertsen aus Godthåb«, sagte Olsen. Der alte Mann mit dem Kautabak wie einem

Tennisball in der rechten Backe schüttelte jetzt leise den gesenkten Kopf.

»Er hat nur unsere Worte aufgeschrieben«, übersetzte Lina.

»Was hätte er denn sonst noch aufschreiben sollen?« fragte Jakob Olsen.

Der alte Mann gab keine Antwort mehr.

Jakob Olsen hatte das Gefühl, daß sich das Wichtigste an dieser Sache nicht in Worte fassen ließ und so stumm blieb. Durch die Aneinanderreihung von auf den ersten Blick wenig bedeutungsvollen Details entstand ein Bild, klar und präzise, von dem, was nicht ausdrücklich gesagt wurde. In einem Roman. Der Bericht eines Beobachters durfte in keinerlei Hinsicht einem Roman ähneln.

»Hast du noch was zu fragen?« fragte Lina Krog, die die Ärmel ihres weißen Pullovers bis über die Ellbogen hochgeschoben hatte.

»Ja«, sagte er. »Noch eine Sache. Ich würde morgen gern Eqe besuchen.« Er sah an den Gesichtern rings um den Tisch, daß sich das machen ließe.

»Umanatsiaq und sein Vater sind bereit, dich morgen mit ihrem Boot hinzubringen«, sagte Lina. »Ich kann selber nicht mit, weil ich am Tag eine letzte Durchlaufprobe meines Stücks habe, aber Umanatsiaq spricht recht gut Dänisch. Es ist ein feuerrotes kleines Fischerboot mit grünem Ruderhaus, gleich hier hinten, im alten Hafen.«

Der Recorder schaltete sich mit einem Klick aus.

»Als ob wir es so berechnet hätten«, sagte Lina.

»Nein«, sagte Olsen. »Ich möchte, daß du die Kassette umdrehst und sie noch eine Weile laufen läßt.«

»Wie du willst«, sagte sie. »Aber ich glaube nicht, daß noch viel Vernünftiges herauskommt, bei dem vielen Bier.«

Jeder lief jetzt unaufgefordert zwischen Tisch und Kühlschrank hinter der Bühne hin und her. Obwohl Jakob Olsen kein Bierfreund war, sah er ein, daß er in bescheidenem Umfang mithalten müsse, um die Stimmung für morgen nicht zu verderben.

Vierzehn Grönländer. Elf Männer und drei Frauen, von denen eine schwanger war, in den blauen Arbeitsanzügen der Garnelenfabrik Nystrup. Sie hinterließen einen Tisch voll leerer Bierdosen, Kippen und den durchdringenden salzigen Geruch von Fisch.

Sein Angebot, beim Aufräumen zu helfen, schlug Lina Krog aus.

»Sie laufen schon um sieben Uhr aus«, sagte sie. »Wenn ich an deiner Stelle wäre, ginge ich jetzt schlafen.«

Er dankte ihr mit aufrichtigem Händedruck.

»Das ist mein Job«, antwortete sie achselzuckend.

»Ich habe etwas an diesem Abend gelernt«, sagte Jakob Olsen und knöpfte als letzter auf der Bühne seinen Mantel zu.

»Paß auf das Band auf«, sagte er, als er die Stufen von der Bühne hinunterging.

»Ich steck's ein«, rief sie und winkte ihm mit einer leeren Bierdose nach.

8

Ein flüchtiger Blick in die Bar ergab das Bild glänzender viereckiger Tische voll leerer Bierdosen und Gläser. Träge lallende dänische Sätze und dazwischen die gleichgültigen Läufe und Akkorde von Nick Morello. Jakob Olsen legte eine Notiz für Jan Bastiansen auf den Empfangstresen, er möge ihn bitte um sechs Uhr wecken, und ging dann schnell in sein Zimmer. Von Alkohol hatte er heute mehr als genug.

In der Diskobucht schwamm ein riesiger, violett durchschienener Eisberg mit abgeplatteter, geriffelter Spitze inmitten eines Rings glitzernder weißer Eisbrocken. Er dachte an das Geräusch der Eiswürfel, die der Küster ihm zu seinem selbstgebrannten Schnaps serviert hatte. Das Geräusch aufplatzender Luftbläschen, fast nicht zu hören, ein kühles Prickeln an Lippen und Gaumen, wenn man einen Schluck trank. Luft, die ein paar tausend Jahre alt war. Zumindest, wenn man Küster Friberg glauben durfte.

Er lag auf dem Rücken im Hotelbett und blickte auf das Licht, das trotz der zugezogenen Übergardinen ins Zimmer drang. Es war halb eins vorbei. Er mußte jetzt dringend schlafen, war aber noch hellwach. Bastiansen müßte Rollläden vor den Fenstern anbringen lassen. Holzrolläden, wie er sie auch an den Fenstern seines Häuschens bei Helsingør hatte. Im hohen Gras sitzen und sehen, wie das Licht sich in breiten, schräg einfallenden Bahnen zwischen den Kiefern langsam zurückzog. Die Eichen, die in ihren Kronen Dunkelheit einfingen. So lange sitzen bleiben, bis man nichts mehr sah und die klamme Seeluft einen in seinem weißen Hemd im Garten erschauern ließ. Ich sehne mich nach Zuhause, dachte er. Du hast schlicht und einfach Heimweh, Jakob Olsen.

Er knipste die Bettlampe an und griff nach der Zeitschrift, die er eines Mittags aus der Hotelhalle mitgenommen hatte. *Kunst und Antiquitäten* hieß das teure, auf schwerem Hochglanzpapier gedruckte Blatt. Er blätterte einen Artikel über chinesische Vasen durch, las einen Bericht über einen jungen amerikanischen Maler, dem es geglückt war, auf einer Auktion in Palo Alto für einen Spottpreis fünf unbekannte moderne Meisterwerke zu ergattern, und las dann ein Interview mit einem gewissen Luigi Fasoli, einem italienischen Kunsthistoriker, der glaubte, eine neue Methode entdeckt zu haben, mit der man die Echtheit eines Gemäldes feststellen konnte.

Man dürfe nicht auf die ins Auge springenden Stilmerkmale achten, schrieb der Kunsthistoriker. Und schon gar nicht auf die Signatur des Malers. Nein, es gehe um die Details, die ein Maler so in den Fingern habe, daß er sie, ohne dabei nachzudenken, gemalt habe. Zehennägel, ein Nasenrücken, ein Ohrläppchen. Die Zielgerichtetheit des Genies eines Malers in Verbindung mit einem Minimum an bewußter Aufmerksamkeit ergebe ein unverfälschbares Resultat. Das Geniale, Unnachahmliche stecke im scheinbar Nebensächlichen, schrieb Fasoli. Was ein Kunstwerk interessant mache, sei die ungleiche Verteilung bewußter und unbewußter Impulse auf der Leinwand. Das sei das einzige nicht nachzuahmende Element, der Atem des Malers, seine wirkliche Handschrift, die selbst vom geschicktesten Fälscher nicht zu imitieren sei, weil dieser, in seinem verbissenen Bemühen, ganz im Stil seines Vorbilds zu bleiben, allen Elementen im Werk dasselbe Maß an Aufmerksamkeit schenke. Daher habe jede Fälschung etwas Totes. Das Tote einer Maschine, des Gleichmaßes.

Jakob Olsen legte die Zeitschrift beiseite und knipste das Licht aus. Jemand ging über den Flur. Er schloß die Augen. Lektüre, die ihn nicht interessierte, hatte sich schon immer als probates Schlafmittel erwiesen.

Sonntag, 6. Juli 1975

1

Als er um halb sieben in einem dunkelblauen Trainingsanzug den Speiseraum betrat, war der bereits voll mit frühstückenden Landsleuten. Ihm selbst knurrte ebenfalls der Magen, denn am Abend zuvor war das Essen ausgefallen. Er nahm einen Teller von dem weißen Stapel auf dem Frühstückstisch und legte reichlich Brotscheiben, Zervelatwurst und dünngeschnittenen Käse darauf. Er fiel hier in seinem Trainingsanzug, dem einzigen Kleidungsstück, das ihm für eine Bootsfahrt mit einem alten Fischkutter geeignet erschien, nicht einmal auf. Allerdings sah er einige Männer leicht erstaunt auf die ordentlich geputzten schwarzen Schuhe blicken, die unter seinem Trainingsanzug hervorschauten.

Während er sein Frühstück verschlang, kam Jan Bastiansen auf ihn zu. Er trug eine hellblau gestreifte Hausjacke und hatte sich frisch mit seinem After-shave besprenkelt. Jakob Olsen fragte sich beim Kauen, wie man sich bloß in einen derart billigen, schwülen Geruch hüllen konnte. Der Richter könne mit Knut im Hotelauto mitfahren, sagte Bastiansen. Es wollten noch mehr Gäste zum alten Hafen.

Jakob Olsen korrigierte den Hotelbesitzer nicht. In Kürze würde er ja wieder Richter sein. Er sagte, er würde gern von dem Angebot Gebrauch machen.

Knut, auf dem Kopf eine alte Marinemütze, stand wie ein echter Chauffeur vor dem hellblauen Landrover. Die Türen hatte er alle sperrangelweit geöffnet. Weil Jakob Olsen der erste war, durfte er neben dem Fahrer sitzen. Es dauerte eine Weile, bis die anderen Fahrgäste ihre Angelausrüstung beisammen hatten. Unterwegs erzählten sie ihm, daß das Fischerboot sie jeden Tag zu einer kleinen Insel bringe, wo es von Dorschen nur so wimmele. Zu dieser Zeit zögen offenbar große Angnassettenschwärme, das sei eine Heringsart, an der Küste entlang. Die Dorsche jagten die Schwärme der kleinen Fische, die so als Köder dienten. »Manchmal scheint es im Meer von Fischen nur so zu wimmeln. Alles glänzt, blinkt und bewegt sich vor lauter Angnassetten«, sagte ein kleiner, magerer Mann mit schnurgeradem Mittelscheitel. »Was für ein Reichtum«, fügte er mit leuchtenden Augen hinzu.

Jakob Olsen nickte und hielt ein Auge auf die Straße gerichtet. Knut fuhr wie ein Besessener, laut hupend und den Bauarbeitern auf ihren Gerüsten zuwinkend. Es fiel Jakob Olsen auf, daß sie hier noch solche tiefblauen Emailkaffeekessel an einem Riemen bei sich trugen.

Knut sah ihn besorgt die Stirn runzeln, als der Landrover um ein Haar einen Hund überfuhr, und grinste, so daß die dunkle, ausgefranste Narbe von einem Messerstich sich bis über den Wangenknochen hochschob.

Sie fuhren an der alten Lagerhalle vorbei. Die große Tür war geschlossen. Zum Theaterspielen war es auch noch etwas zu früh. Knut bog auf die Betonplatten des Hafenkais und fuhr bis dicht an das schwarzblaue, fast reglose Wasser. Ideales Angelwetter, meinten die Männer hinter ihm einhellig.

Jakob Olsen stieg aus, gab Knut die Hand und schaute zu den drei Fischerbooten, die hintereinander am Kai vertäut lagen. Zwischen den dunklen Felsspalten auf der anderen Seite des Wassers flatterten aufgeschreckt fahlbraune Vögel. Da sah er Umanatsiaq in Jeans neben dem moosgrünen Ruderhaus eines ziegelroten Fischerbootes stehen. Er winkte, aber der junge Grönländer erkannte den Beobachter in seinem Trainingsanzug nicht. Jakob Olsen hatte ihn gekauft, als sein Hausarzt in Kopenhagen einmal gemeint hatte, er müsse sich etwas mehr Bewegung verschaffen. Erst als er schon ganz dicht am Schiff war, sprang Umanatsiaq an Land und half Jakob Olsen mit seinen kräftigen kleinen Händen an Bord. Im, wie sich herausstellte, nachträglich eingebauten Ruderhaus stand ein alter Grönländer und starrte durch das schmutzige Fenster hinaus. »Das ist mein Vater«, sagte Umanatsiaq. »Er fährt uns.«

»Wie lange braucht man nach Eqe?« fragte Jakob Olsen.

»Heute eine knappe halbe Stunde«, sagte Umanatsiaq nach einem Blick auf den Himmel. Er schlug kräftig ans Ruderhaus und warf die Trosse los. »Er spricht nur Inuit«, sagte der junge Grönländer. »Und diese Art von Sprache.« Er trat einmal gegen das Ruderhaus und schob sich dann an einem kleinen weißen Beiboot vorbei, das seitlich am Schiff in den Davits hing, zum engen Achterdeck. Der Motor des Fischerboots sprang dröhnend an. Aus dem dünnen, vibrierenden Rohr am rückwärtigen Teil des Ruderhauses quoll blau qualmender Rauch. Jakob Olsen setzte sich neben Umanatsiaq auf eine kleine Treppe. So dicht über dem Deck roch das Schiff durchdringend nach Öl.

Sie fuhren zwischen den Betonmolen der Hafeneinfahrt durch, am Atlantikkai vorbei, wo das weiße finnische Handelsschiff jetzt wieder etwas tiefer im Wasser lag. Ein paar Besatzungsmitglieder hingen rauchend über der Reling. Auch Umanatsiaq steckte sich eine Zigarette an.

Eine Zeitlang sprachen sie nichts. Das Schiff glitt dicht an der aus dem Wasser aufragenden Felswand entlang, die nach oben hin ein immer helleres Grau zeigte. Für einen Augenblick kam es Jakob Olsen so vor, als ob all diese Vorsprünge, Spalten und dunklen Einbuchtungen in der Bergwand, diese bizarr aufeinandergepreßten Steinschichten etwas bedeuteten, eine Art Schrift, die er nicht entziffern konnte. Er hörte das Kreischen unsichtbarer Vögel hinter den Felsen. Das Boot drehte langsam nach rechts und folgte der Küste. Vor ihm lag die offene See mit den Eisbergen. In der Ferne war der blaue Himmel mit gelblichen Flecken übersät. Als ob dort Blütenstaubwolken hingen. Umanatsiaq deutete dorthin.

»Das sind ein paar ganz große platte Eisberge«, sagte er. »So groß wie Fußballplätze. Sie sind so weit weg, daß man sie nicht sehen kann. Das Sonnenlicht wird dort in den Himmel reflektiert.«

Der Schiffsmotor klang plötzlich laut und hell, als sie an einem Eisberg vorbeifuhren. Umanatsiaq warf eine leere Farbdose gegen die Rückseite des Ruderhauses. Das Schiff wich der glitzernden Gefahr aus. Jakob Olsen konnte die Augen nicht lange auf die gut zehn Meter hohe Eiswand gerichtet halten, ohne daß sie zu tränen begannen. An einigen Stellen liefen torfartige Streifen und Kiesspuren durch die aufeinandergepreßten Eisblöcke.

Welch merkwürdige Diskrepanz, dachte Olsen. Die enorme Kraft, die es ausstrahlt, und dann diese fast weibliche Eleganz, mit der so ein Ding vorbeitreibt.

»Der Alte lernt's nie«, knurrte Umanatsiaq und schnipste seine Kippe zwischen Daumen und Zeigefinger ins Meer. »Man darf so einem Eisberg nie zu nahe kommen. Man kann nie wissen. Seit wir alle so ein Sonar-Ding an Bord haben, ist jeder leichtsinnig geworden. Aber man kann diesen Schallwellen nie so ganz trauen. Unter dem Wasser kann alles mögliche sein.«

Umanatsiaq trug einen grasgrünen Pullover. Dicht unter der rechten Achsel hatten sich Maschen gelöst.

Jakob Olsen blickte noch einmal zurück.

»Mücken und Eisberge«, sagte Umanatsiaq. »Zwei Dinge, die ich hasse wie die Pest.«

Jakob Olsen nickte: »Wie war das Leben in Eqe?« fragte er.

»Sie werden's sehen«, sagte Umanatsiaq und rieb plötzlich heftig mit beiden Händen über die verschlissenen Knie seiner Jeans.

»Besser als heute?« fragte der Beobachter.

»O nein«, sagte der junge Mann und schnaubte verächtlich durch die breite, platte Nase. »Hunger. Wie oft haben wir dieses Wort gedacht. Die jungen Jäger hatten bereits Schwierigkeiten, einem Seehund die Speckschwarte abzuschneiden. So selten waren die damals schon. Und in Jakobshavn sah man jede Woche etwas Neues, das man haben wollte. Mit Fisch und ein paar Fuchsfellen kommt man nicht weit, wenn man einen Außenborder kaufen will.«

Die Felsküste zog sich hier bizarrer und niedriger in langen, flachen Halbinseln ins Meer. Auf einigen standen halb eingestürzte Grassodenhütten und verfallene kleine Holzschuppen. Jakob Olsen entdeckte sogar eine schneeweiße Fahnenstange.

»Davon gibt's Dutzende«, sagte Umanatsiaq, während sie daran vorbeifuhren. »Diese hier hieß Akugolît.«

»Du sehnst dich also nicht nach Eqe zurück?« fragte er.

»Wenn das Meer einen im Stich läßt«, sagte Umanatsiaq und zuckte mit den Achseln.

»Ja«, sagte Olsen. »Ich habe davon gehört. Die Wassertemperatur.«

»So sagt man«, sagte Umanatsiaq, stand auf und ging am Ruderhaus vorbei zum Vorschiff, wo die safrangelben Fischnetze aufgestapelt lagen. Die Hände in die Seiten gestemmt, starrte er in seiner fahlen Jeans und dem kaputten Pullover vor sich. Dann hörte Jakob Olsen, wie Umanatsiaq langsam und mit hoher Stimme zu singen begann. Das Boot drehte etwas von der Küste ab und fuhr dann in eine breite Bucht. Hier und da trieben ein paar Eisschollen im schwarzen, bewegten Wasser. Fast genau in der Mitte stand etwa ein Dutzend Hütten am Meer, gebaut aus einzelnen Steinreihen mit dicken, braunen Torfschichten dazwischen und einem Dach aus Grassoden. Aus der Entfernung sah es aus, als wüchsen die Gebäude aus dem Boden, als wären die Hütten ein Teil der weiten, mit gneisglitzernden Felsen und Steinen übersäten Ebene. Dies mußte der Ausläufer einer Moräne gewesen sein.

Der alte Mann im Ruderhaus reduzierte die Drehzahl. Umanatsiaq zeigte mit beiden Armen vor sich. Eqe. Jakob Olsen stand auf. Ganz langsam glitt das Boot auf den Strand zu. Umanatsiaq hielt auf dem Vordeck einen großen Anker in den Händen. Dann stellte sein Vater den Schiffsmotor ab. Totenstill glitt das Boot durch das Wasser.

Zwischen blauschwarzen Bergen blickte Jakob Olsen auf die verschneiten Ausläufer des mit Eis gefüllten Binnenlands. Mit lautem Platsch verschwand der Anker kettenrasselnd im Wasser, bis das Boot mit einem Ruck, der Jakob Olsen fast aus dem Gleichgewicht brachte, schaukelnd festlag. Umanatsiaq grinste und ging händereibend zu dem kleinen weißen Beiboot. Das Wiedersehen mit Eqe tat ihm sichtlich gut.

»Vater bleibt an Bord«, sagte er. »Man kann hier nie wissen. Nie.«

»*Imera*«, sagte Olsen lächelnd.

»*Imera*«, wiederholte Umanatsiaq, während er das Beiboot langsam ins dunkle Wasser ließ.

Vorsichtig kletterte Jakob Olsen in seinem Trainingsanzug über die niedrige Reling. Er tat es ungeschickt und steif, so daß er beinahe in Umanatsiaqs Arme fiel, der das heftig schaukelnde kleine Boot breitbeinig im Gleichgewicht zu halten versuchte. Er bedeutete Olsen, sich schnell hinzusetzen, und startete dann den Außenborder des Beiboots. Das Echo kam knatternd von der Bergwand über das Wasser zu ihnen zurück. Olsen blickte auf das stilliegende ziegelrote

Fischerboot, auf die vage menschliche Gestalt hinter dem schmierigen Fenster des Ruderhauses.

2

»Was ist das?« fragte Jakob Olsen und zeigte auf zwei große Kreise faustgroßer Steine vor ihnen auf dem Boden. Wie die Steine im kurzen Gras auf dem steinigen Boden in Kreisen dalagen, erinnerten sie den Beobachter an uralte Rituale, aber Umanatsiaq sagte, da hätten vor noch nicht allzu langer Zeit Zelte gestanden, runde Zelte, deren Planen mit diesen Steinen festgehalten wurden. Das sei der Grund.

Langsam gingen sie auf die Grassodenhütten zu, jede mit einem Fenster – oder sollte man es als Guckloch bezeichnen –, das zum Meer blickte. Neben den Hütten lagen graue Abfallberge, manche höher als die Hütten selbst. Umanatsiaq trat mit seinen kurzen Stiefeln gegen den Fuß eines der Müllberge.

»Die Hunde fraßen unsere Scheiße«, sagte er, »aber sonst liegt hier alles, was wir zurückließen. Ganz unten vielleicht noch ein paar zerbrochene Nadeln aus Walknochen und obendrauf die letzten Bierdosen, die hier geleert wurden.«

Er streckte die Hand aus. Tatsächlich sah dort eine zusammengedrückte Tuborgdose neben den Resten einer Kiste aus der schwarzgrauen Masse hervor. Ein Geruch von altem Feuer und Asche stieg daraus auf. Jakob Olsen erkannte einen zur Hälfte aufgerissenen Zementsack der GTO und den Hals einer Ketchupflasche samt weißem Deckel.

»Das ist das Haus«, sagte Umanatsiaq und deutete auf die am höchsten gelegene Hütte. »Dort haben wir uns damals versammelt.«

Jakob Olsen blieb stehen und sah sich um. Er erwartete wenigstens, irgendwo einen Hund herumschnüffeln, Kleidungsstücke an einer Wäscheleine hängen zu sehen, jeden Augenblick das Rufen spielender Kinder zu hören, aber sie waren die einzigen hier, zwischen den verlassenen Hütten und den Müllhaufen herumstöbernd. Es war still. Sogar das rote Fischerboot im Wasser der Bucht schaukelte kaum.

Umanatsiaq legte die Hand an den Stützbalken über dem Eingang. Jakob Olsen bückte sich und ging hinein. Auf zwei Seiten standen Holzpritschen an der Wand. Er erkannte den geschwärzten Fleck einer Feuerstelle in der Mitte der Hütte.

»Alle zusammen in einer so kleinen Hütte?« fragte er.

»Wir waren es nicht anders gewöhnt«, sagte Umanatsiaq. Ein beschämtes Lächeln zog über sein Gesicht. »Jetzt, wo wir in Häusern leben, ist das natürlich alles ganz anders geworden.«

Jón Eira habe dort gesessen. Er zeigte auf die rechte Pritsche. »In der Nähe der Tür.«

Die Innenwände der Hütte bestanden aus lose aufeinandergeschichteten Steinen, hier und da mit einem Klecks Zement dazwischen. »Im Winter hängten wir dort Häute hin«, sagte Umanatsiaq. »Und Fotos. Es war klein, aber nicht ungemütlich. Man durfte sich nur nicht zu viel bewegen, sonst fielen die Lampen um. Dort saß er.«

Wieder zeigte er auf die fleckigen Bretter der Pritsche.

»Wir hoben die Hand. Alle ohne Ausnahme. Jón Eira stand auf und verließ das Haus. Eine Stunde später war er zurück.«

Plötzlich lief Umanatsiaq hinaus. Jakob Olsen stand in der Mitte der nach Erde riechenden Hütte. Sein Kopf berührte fast den Firstbalken. Als ob man unter der Erde stünde, dachte er. Durch die rechteckige Fensteröffnung sah er Umanatsiaq, mit dem Rücken zu ihm, vorgebeugt zwischen den Felsen sich erbrechen. Er ging hinaus.

Gemeinsam blickten sie auf das auf einem großen flachen

Stein auseinandergespritzte Erbrochene. Kartoffeln und etwas, was nach braunen Fleischbrocken aussah.

»Vielleicht etwas zu schwer fürs Frühstück«, sagte der Beobachter zu dem jungen Grönländer, der sich mit dem Handrücken über die Lippen fuhr. Umanatsiaq antwortete nicht, sondern winkte. Zusammen gingen sie zum weißen, halb auf den Strand gezogenen Beiboot.

3

Umanatsiaq saß im Heck des Bootes und steuerte es mit dem Außenbordmotor wieder in die Bucht.

»Wo fahren wir hin?« fragte Olsen, als er sah, daß Umanatsiaq nicht auf das rote Fischerboot seines Vaters zusteuerte. Er saß dem Grönländer genau gegenüber, der ein paarmal heftig nickte. Jakob Olsen wandte den Kopf. Sie waren im Begriff, die Bucht schräg zu durchqueren. Nichts als Wasser und graublaue Berge.

»Hinter den Felsen dort drüben, diesem da, der wie ein Bärenkopf aussieht, liegt die kleine Insel, wo es passiert ist. Wir sind jetzt so nahe dran. Ich dachte, Sie wollten sie vielleicht schnell noch sehen.«

Jakob Olsen nickte. Eine gute Idee von Umanatsiaq. Manchmal konnte eine Landschaft dazu beitragen, menschliches Verhalten zu erklären. Einen Bärenkopf konnte er allerdings nicht in der Bergspitze erkennen. Er schaute durch halb geschlossene Wimpern. Die Umrisse des Bergs erinnerten ihn an das Gebirge auf der Innenseite der Schachtel mit den Caran d'Ache-Buntstiften, die er zu seinem sechsten Geburtstag von seinen Eltern bekommen hatte. Und plötzlich war er da, unerklärlich, aus dem Nichts: der vertraute, sichere Geruch von Anspitzspänen, Graphit, vermischt mit frisch geschältem Holz.

Nachdem sie die Bucht hinter sich gelassen hatten, steuerte Umanatsiaq das Boot auf eine längliche Felseninsel zu. Jakob Olsen lauschte den kurzen Schlägen des Wassers gegen den Bug in seinem Rücken.

»Hat sie einen Namen?« fragte er.

»Früher ja«, sagte Umanatsiaq, ohne ihn anzusehen. »Früher hieß sie Hundeinsel, weil die Hunde im Sommer dorthin gebracht wurden, wenn es für sie zu wenig zu fressen gab. Bei Ostwind konnte man sie bis nach Eqe heulen hören. Die Alten sagten dann, daß sie sich gegenseitig auffressen, aber das stimmte nicht. Sie hatten nur Hunger.«

Umanatsiaq fuhr langsam um die Insel herum auf der Suche nach einem geeigneten Landeplatz. Zwischen zwei Felsblöcken entdeckte er ein kleines Stück hefeweißen Sand. Dorthin steuerte er das Boot.

Jakob Olsen sah, wie die Abdrücke, die seine Schuhe in dem feinen, feuchten Sand hinterließen, fast im selben Augenblick wieder verschwanden. Er kletterte zwischen ein paar mit Vogelkot übersäten Felsen hindurch und stand dann auf einer mit kurzem, hartem Gras bewachsenen Weide, die ringsum von Felsen zur See hin geschützt war. Zwischen dem Gras versteckt wuchsen in runden Polstern mausgraue Moose, die unter seinen Schuhsohlen knirschten. Ungefähr zwanzig Meter von ihm entfernt stand eine schiefe Grassodenhütte mit einem großen Steinhaufen vor dem Eingang. Er drehte sich um.

Umanatsiaq hatte seinen kaputten grünen Pullover und die kurzen schwarzen Stiefel ausgezogen. In der Hand hielt er das lange Messer. In zwei Sätzen war der braune, schweißglänzende Körper des jungen Grönländers bei ihm.

Zwischen seinen erhobenen Händen sah Jakob Olsen die blitzende Klinge durch die Luft sausen. In einem alles auslöschenden, stechenden Schmerz blieb er noch einen Moment erstarrt in seinem Trainingsanzug stehen. Dann war da der Geruch von Gras und Erde und danach nichts mehr.

4

Bei der Generalprobe klappte nichts. Aber in den Büchern, die Lina Krog über Theater gelesen hatte, stand, daß das mehr oder weniger normal war, und folglich versuchte sie, sich keine Gedanken mehr um die Puppe zu machen, die, anstatt mit dem Holzkopf auf die Tischplatte zu knallen, mit lautem Aufprall auf dem Boden gelandet war, wodurch das Ende des Stücks natürlich völlig danebengegangen war.

Zu Hause zog sie sich im Bad um. Direkt auf die bloße Haut zog sie einen enganliegenden, lindgrünen Frotteeanzug, der im Versandhauskatalog frivol als »Spielanzug für erwachsene Frauen« angepriesen gewesen war. Spielanzug hin oder her, er saß gut. Sie holte den Recorder hervor, stellte ihre Reiseschreibmaschine daneben und begann, an dem runden Tisch vor dem Fenster das Band abzutippen.

Streckenweise war es schwer zu verstehen, weil mehrere Leute gleichzeitig sprachen.

Sie ging in die Küche und setzte Teewasser auf. Wenn sie die Bänder abgetippt hatte, würde sie die Niederschrift direkt zu Jakob Olsen bringen. Daß Nick an diesem Morgen nicht mit der versprochenen Musik aufgekreuzt war, hatte sie nicht überrascht. Halb und halb hatte sie damit gerechnet.

Am Küchentisch trank sie in vorsichtigen kleinen Schlukken vom heißen Tee. Durch das Küchenfenster sah sie Umanatsiaqs rotes Boot mit dem moosgrünen Ruderhaus langsam in den Hafen gleiten.

Als das Band schließlich in beruhigendes Rauschen überging, stellte sie den Recorder mit einem Seufzer ab. Sie hatte Rückenschmerzen bekommen vom stundenlangen angestrengten Lauschen und Tippen. Sie stand auf und ließ sich rücklings aufs Bett fallen. Mit gespreizten Beinen starrte sie auf die Balken an der Decke.

»Man muß in Eqe gewesen sein, um zu verstehen, was in Eqe passiert ist.« Sie selbst war nie dagewesen, aber sie konnte sich nicht vorstellen, daß es Jakob Olsen viel schlauer machte. Sie reckte sich behaglich, stand dann auf und streifte den Frotteeanzug langsam ab. Ein Spielanzug und nichts darunter, so konnte sie sich Jakob Olsen nicht präsentieren.

Sie ging ins Bad und sammelte den unordentlichen Kleiderhaufen vom Boden auf. Einen Augenblick betrachtete sie sich von der Seite in dem hohen Spiegel neben dem Waschbecken. Nackt, mit Kleidern in der Hand. Sie verstand auf einmal, warum viele Maler lieber etwas ältere Frauen malten und nicht den straffen Körper eines jungen Mädchens. Auch ein Körper registrierte Erfahrungen, wurde langsam zu einer lesbaren Geschichte. Ich werde ja tatsächlich noch zufrieden mit mir, dachte sie spöttisch, während sie ins Zimmer zurückging.

Sie zog sich übertrieben langsam an. Dies war das erste Jahr, in dem sie keine Angst mehr vor dem Alleinsein hatte. Die erneuerte Bekanntschaft mit Nick hatte sie das gelehrt. Aber vor der Premiere heute abend hatte sie doch Herzklopfen. Ein Theaterstück im Polargebiet. Wozu sich Gedanken machen. Die Tragik der Geschichte war durch die ganze Proberei für sie schon längst verloren, aber sie wollte schon, daß es eine gute Vorstellung wurde.

Sie zog die kurze Lederjacke über den weißen Pullover und trat mit der in eine durchsichtige Plastikhülle gesteckten Niederschrift auf die Veranda hinter dem Haus. Sie winkte der Reihe weißer Kinderbetten auf der anderen Seite mit der Plastikmappe zu. Niemand winkte zurück. Da erst sah sie, daß die hohen Betten leer waren. Natürlich, die Kinder aßen um diese Zeit.

Sie stieg in ihren Saab, legte die Mappe neben sich und startete, was zu ihrer Überraschung gleich beim erstenmal klappte.

Langsam fuhr sie zwischen den moosgrünen und ockergelben Holzhäusern von Jakobshavn Richtung Meer. Nichts besaß hier das geringste schmückende Beiwerk. Sogar der pfauenblaue Kirchturm stand wie ein Gebrauchsgegenstand auf der rostbraunen kleinen Kirche. Alles schien hier fest verankert, stemmte sich zwischen der aschgrauen Felswand und dem Meer in den Boden. Dieser Eindruck wurde noch durch die vielen Holzstützen zwischen den Häusern verstärkt, auf denen die Verschalung der Wasserleitung ruhte. Ein Netz, ein zusammenhängendes Ganzes.

Zwischen dem abfallenden, bläulich glänzenden Felsboden sah sie die See. Eine Flotte kleiner Eisberge schwamm wie eine Herde langsam dicht an der Küste entlang.

Jan Bastiansen saß in einer blaugestreiften Hausjacke auf der Holztreppe vor seinem Hotel und blickte in Richtung Gebirge. Als sie ausstieg, stand er auf und ging hinein.

»Nein«, sagte er, hinter dem Empfangstresen stehend, als wäre es eine Ladentheke. »Den haben wir noch nicht gesehen, aber vielleicht kann ich es ihm geben.« Er streckte die Hand nach der Plastikhülle aus.

Lina schüttelte den Kopf. »Dies sind streng vertrauliche Unterlagen«, sagte sie. »Ich lege sie lieber selbst in sein Zimmer.«

Jan Bastiansen nickte und gab ihr den Schlüssel von Zimmer einundzwanzig.

»Vielleicht ist der Richter mit Umanatsiaq und seinem Vater noch einen trinken gegangen«, sagte er.

Sie ging durch den Gang und steckte dann den Schlüssel ins Schloß von Jakob Olsens Zimmer.

5

Jakob Olsens Zimmer, aber nirgends war auf den ersten Blick eine Spur von ihm selbst zu entdecken. Die ockerfarbene Tagesdecke war straff über das Doppelbett gezogen. Im leeren Aschenbecher auf dem Nachttisch lag ein Streichholzbriefchen vom Hotel. Sie betrachtete die gerahmte Reproduktion über dem Bett.

Linnaeus: *Das Liebesleben der Pflanzen*, 1729. Zwei Pflanzen, in Töpfen nebeneinander. Auf dem einen Topf stand »femin.«, auf dem anderen »mas.«. Die männliche Pflanze war von schwarzen Samenwolken umgeben. Die Blüten der weiblichen Pflanze waren weit geöffnet. Hoch über den Pflanzen sandte eine Sonne mit Gesicht ihre Strahlen aus, und auch die Sterne und der Mond zur Linken und zur Rechten hatten Gesichter. Wissenschaft im Jahr 1729. Linnaeus war ein ausgezeichneter Beobachter. Und trotzdem zeichnete er eine Sonne und einen Mond mit Gesicht.

Sie ging zum Schreibtisch und legte die Plastikmappe darauf. Rechts neben der Schreibunterlage eine Tupilák-Figur und ein ovaler Stein. Sie nahm den Stein in die Hand. Den mußte Jakob Olsen irgendwo aufgelesen haben. Er hatte ihn aufgehoben, folglich mußte er etwas Besonderes daran gesehen haben. Sie drehte den Stein auf der flachen Hand. Es war ein dunkelgraues Basaltstück mit einer weißen Quarzader in der Mitte, die plötzlich aufhörte. Links von der Schreibunterlage lag eine Mappe aus rotem, genarbtem Kunstleder, in das »Hotel Zum weißen Falken« in kleinen, silbernen Schreibbuchstaben eingraviert war. Sie schlug die

Mappe auf und las die Adresse auf dem Umschlag. Per Expreß, aber noch nicht zugeklebt. Es gehörte sich natürlich nicht, aber wer war nicht neugierig.

Jakobshavn, 3. 7. 1975

Liebe Inge,

ja, Du hast recht. Wenn der eigene Vater stirbt, fühlt man sich allein. Trotz der Tatsache, daß ich ihn nicht geliebt habe. Ein Schuldgefühl habe ich deswegen nicht. Er wollte es so. Ich erinnere mich, daß ich ihm einmal auf der breiten Holztreppe in unserem Haus in Odense entgegenkam. Er ging zu einem Mandanten, und ich kam von der Schule. Ich war damals vielleicht dreizehn. Auf halber Strecke begegneten wir uns, und da, mitten auf der Treppe, zog er mit kurzem Nicken seinen schwarzen Hut vor mir. Jahre danach bin ich noch einmal in diesem Haus gewesen. Du warst übrigens dabei. Für Dich war es einfach ein großes, schickes Haus in einem von Vogellauten erfüllten sommerlichen Garten. Für mich war es anders. Du fragtest, was ich fühlte, warum ich so still sei. Ich sagte damals, daß ich es nicht wisse. Aber es kam daher, weil die Zimmer in diesem Haus in meiner Erinnerung größer statt kleiner schienen. Mir wurde auf einmal klar, wie riesig diese Räume für mich als Kind gewesen sein mußten. Ich erinnerte mich, wie ich immer nach Stellen gesucht hatte, wo ich mich verstecken konnte, vor dem Blick meines Vaters oder dem unserer Vorfahren, die mich aus dunklen, düsteren Ölgemälden anstarrten. Wenn ich an die Räume in diesem Haus zurückdenke, dann mit einer kühlen, konstatierenden Trauer: Ich habe mir meine Vergangenheit nicht zu eigen machen können. Es kommt mir vor, als wäre die Zeit durch mich hindurchgeströmt, ohne etwas zu hinterlassen. Vielleicht ist dies das wenig tragische Schicksal einer Jugend in den besseren Kreisen. Das Leben war so in

Formeln und Floskeln gefangen (gebändigt, würde ich fast sagen), daß nichts tief genug eindrang, um zur Erinnerung zu werden.

Wenn ich jetzt an Edwin und Erik denke, kommt es mir vor, als seien sie plötzlich zehn Jahre älter geworden. Optische Täuschung des Gedächtnisses?

Ich muß jetzt weg, um mir die Dolmetscherin näher anzusehen, die mir bei meiner Untersuchung helfen soll. Sie heißt Lina Krog, ist etwa vierzig und sieht aus wie eine Frau, die gern reitet. Eine Amazone also? Vielleicht. Aber wer würde hier schon eine elegante Pariserin erwarten?

4. 7.

Ich war bei ihr zu Hause, wir tranken Kaffee mit Kognak. Sie war keine Amazone. Im Gegenteil. Vielleicht war es der Alkohol oder der Zweifel, Inge, vielleicht hatte Oles Tod etwas damit zu tun, jedenfalls wollte ich sie plötzlich in einem Anfall von Lust (ja, das ist das richtige Wort: Anfall) ausziehen und mit ihr ins Bett. Das Gefühl war so heftig, daß ich zitterte. Ich sah ihr an, daß sie sich über mein zögerndes Verhalten wunderte. Ich fühlte mich überfallen, aber jetzt, während ich dies schreibe, hat der Beobachter in mir sich bereits wieder erholt und schaut mit leicht spöttischem Blick auf die Szene, wie ein alter Mann mit gierigen Augen auf eine für ihn zu junge Frau starrt, die die Beine übereinanderschlägt, ihn ein wenig nachdenklich betrachtet und denkt: Wenn der *Klarheit in diese Sache bringen soll ... (und damit hat sie auch noch recht). Ich wollte mich in ihr verlieren. Vielleicht als Geste der Treue, trotz allem, gegenüber Ole? Was bedeutet es, Jakob Olsen zu sein, ein Mann mit einigem Renommee, wie man so sagt, wenn unter der Oberfläche dieser Biographie alles in Bewegung ist? Ein dunkler Strom der Anonymität, in dem jeder jedem gleicht und nichts Menschliches mir mehr fremd ist? Ich fürchte, daß ich Ole doch ähnlicher bin, als ich mir eigentlich eingestehen will. Unser Beruf fordert das auch von uns. Eine Ausstrahlung von Ruhe und Gewißheit. Trotz allem.*

Das hat nichts mit unserer Liebe – und dieses Wort benutze ich hier ohne die leiseste Ironie oder Distanz – zu tun. Ich liebe Dich, Inge, aber ich fühle, daß es eine andere, bessere Art und Weise geben muß, eine Art und Weise, wie ich Dich besitze, von Sekunde zu Sekunde, weil ich Dich in Gedanken bereits verloren habe. Jeder Mensch muß danach streben, allein leben zu können (mit anderen natürlich).

Ein Beobachter mit schwankendem Ego, der das Verhalten von Menschen unter die Lupe nehmen soll, für die es diesen Begriff nie richtig gegeben hat. Zum erstenmal in meinem Leben kann ich den Fall, den ich untersuchen soll, nicht getrennt von meinem eigenen Leben betrachten. Das macht mich als Beobachter eigentlich ungeeignet. Meinen Auftrag zurückgeben kann ich nicht. Das würde als Ablehnung des Urteils ausgelegt werden. Diese Überlegungen kann ich nicht in meinen Bericht aufnehmen. Es soll schließlich eine objektive Berichterstattung darüber werden, was ich gehört und gesehen habe. Gefühle hebt man sich besser für daheim auf, vor allem, wenn sie dem Auftrag zuwiderlaufen.

Individualismus und Gerechtigkeit. Bücher um Bücher habe ich darüber gelesen, aber das ist etwas anderes, als es am eigenen Leib zu erfahren. Ich will nicht sterben wie Ole, Inge. Auf dem Sterbelager voll Todesangst alle Ideen, die er sein Leben lang vertreten hat, über Bord werfen, mit dem Tod vor Augen sich noch weigern einzusehen, daß man immer auch der andere ist. Ich weiß, daß das pathetisch klingt, vielleicht sogar sentimental, aber unsere unterkühlte Art zu leben ist falsch. Welche Ironie, das in Grönland zu entdekken. Dies ist der erste und letzte Scherz in diesem Brief. Weißt Du, wie die Ureinwohner sich hier früher begrüßten?

Heute nicht mehr, inzwischen haben sie gute Manieren gelernt und geben sich wie wir die Hand: Sie griffen dem anderen ans Geschlecht. Ich ...

Als sie Schritte auf dem Hotelflur hörte, faltete sie den Brief rasch zusammen, steckte ihn in den Umschlag und schob ihn in eine der tiefen Innentaschen ihrer Jacke.

Das Hotelzimmer war plötzlich voll von ernst blickenden Männern. Vorneweg Oskar Jespersen, der Kommissar, mit dem pockennarbigen, blassen Gesicht über einem langen Ledermantel. Dahinter Bjørn Pedersen und schließlich, gleich neben der offenen Tür, der glatzköpfige Jan Bastiansen.

»Was machen Sie hier?« schnauzte der Kommissar nervös. Seine schmalen Lippen zitterten. Der Bürgermeister zupfte sich am Bart, und Jan Bastiansen räusperte sich.

»Was ist denn los?« fragte sie. Sie nahm die Plastikmappe vom Schreibtisch. »Ich mußte diesen Bericht in sein Zimmer bringen. Er ist streng vertraulich. Das ist der Grund. Fragen Sie Herrn Bastiansen.«

»Sie haben reichlich lang dafür gebraucht«, sagte der Hotelbesitzer und schloß die Tür.

Sie runzelte die Stirn und spürte, wie sie rot wurde.

»Was bedeutet das?« sagte sie, die Plastikmappe noch immer in der Hand.

Der Kommissar trat vor und zog ihr die Mappe aus der Hand. »Jakob Olsen ist tot«, sagte er. Schweiß stand auf seiner Oberlippe.

»Das kann nicht sein«, sagte sie und mußte sich plötzlich schwer gegen den Schreibtisch lehnen. »Er hat eine kleine Bootsfahrt mit Umanatsiaq gemacht.«

»Der ist verhaftet«, sagte Jespersen. »Der Mistkerl. Er hat ihn mit sich gelockt und danach wie ein Tier abgestochen.«

Sie wollte jemanden schlagen. Am liebsten Jan Bastiansen, aber auch der Bürgermeister mit seinem runden, zufriedenen Gesicht und dem rötlichen Bart kam in Betracht.

»Ist das sicher?« fragte sie heiser. Die drei Männer nickten.

»Heute nachmittag hat Umanatsiaq sich gestellt. Wir sind mit dem Hubschrauber hin und haben nachgeschaut«, sagte der Bürgermeister, der trotz des grauenvollen Ereignisses sein Organisationstalent und seine Selbstbeherrschung keinen Augenblick verloren, sondern sofort die US-Basis Arrow angerufen hatte.

Der Kommissar trat ein paar Schritte vor. Sein schwerer Mantel streifte sie. Er stand genau vor dem Schreibtisch und schlug die Hotelmappe auf. Er schloß die Briefmappe wieder, nahm die Tupilák-Figur in die Hand, betrachtete die Unterseite. Mit dem Stein verfuhr er genauso. Danach zog er die Schreibtischschubladen eine nach der anderen auf. Lina Krog ging langsam am gemachten Bett vorbei zur Tür.

»Einen Moment noch«, sagte der Kommissar in ihrem Rücken. »Haben Sie vielleicht irgendwelche persönlichen Dinge von ihm?«

Sie drehte sich um. Ihre Schläfen hämmerten. »Wieso?«

»Könnte ja sein«, sagte der Kommissar, Jakob Olsens schwarze Aktentasche in der Hand.

Jan Bastiansen hielt ihr die Tür auf. Sie hielt seinem Blick stand mit aller Fassung, die sie noch aufbringen konnte.

6

Die drei Männer machten ein erleichtertes Gesicht, als die Frau verschwunden war. Ihre Bewegungen wurden plötzlich schneller, entschlossener. Jan Bastiansen öffnete den Kleiderschrank und legte Jakob Olsens Sachen in ordentlichen kleinen Stapeln auf die straffgezogene Überdecke.

Kein Schlafanzug, aber ein Morgenmantel aus schwarzem Samt. Der Kommissar lag auf den Knien und schaute unter das Bett. Der Bürgermeister ging ins Bad, weil er meinte, daß er auch etwas tun müsse, und zog Jakob Olsens Rasierapparat am schwarzen Spiralkabel aus der Steckdose. Er hatte ein Telegramm an Olsens Frau geschickt, an den Justizminister und die Presse informiert. Dann hatte er einen Sarg bestellt. Was konnte er sonst schon tun? Er wickelte den Rasierapparat, eine Flasche teures After-shave und eine Zahnbürste in ein rosa Hotelhandtuch und ging ins Zimmer.

Jan Bastiansen zog gerade die Vorhänge zu. Als ob Olsen hier ermordet worden wäre, dachte der Kommissar unter mitleidigen Blicken. »Tu's in den Koffer da«, sagte er zu dem Bürgermeister, der etwas hilflos mit dem rosa Päckchen herumlief.

»Aber gibt es denn gar kein Motiv?« sagte Bjørn Pedersen. Der Kommissar zuckte die Achseln unter seinem schweren Dienstmantel. »Umanatsiaq hat bisher nur eines gesagt«, sagte er, während er den Deckel des schwarzen Koffers zuklappte und die Schlösser einrasten ließ. »Als ich ihn nach seinem Motiv fragte, erklärte er: ›Die Menschen, die Jón Eira sind.‹ Mehr nicht.«

Der Bürgermeister seufzte. Jan Bastiansen erbot sich, den Koffer zu tragen.

»Sie hätten die Sache einfach auf sich beruhen lassen sollen«, sagte Oskar Jespersen. Er klopte mit den Fingern auf die Plastikmappe. Jan Bastiansen öffnete die Hotelzimmertür und trat mit dem Koffer auf den Flur. Der Kommissar und der Bürgermeister folgten in etwa fünf Meter Abstand. Die Tür von Zimmer einundzwanzig blieb offen. In der Halle nahm Oskar Jespersen dem glatzköpfigen Hotelbesitzer den Koffer ab. Jan Bastiansen schlug das Gästebuch auf und trug Jakob Olsen aus. Er sah, daß der Richter seinen

Beruf durchgestrichen und in ordentlichen kleinen Blockbuchstaben das Wort »Beobachter« darübergeschrieben hatte. »Fünf Tage«, sagte er. »Armer Kerl.« Er schraubte langsam die Kappe auf den goldfarbenen Füllfederhalter.

»Sie können die Rechnung an mich schicken«, sagte Bjørn Pedersen und ging hinter dem Kommissar hinaus.

7

Mit dem Brief in der Innentasche ging sie zu der alten KGH-Lagerhalle. Ich kann nicht nach Hause, dachte sie, als läge Jakob Olsen dort aufgebahrt. Nicht die leiseste Vermutung hatte sie von alldem gehabt, was der Richter geschrieben hatte. Sie hatte ihn sympathisch gefunden, mehr nicht. Sie hatte die Hand auf seine gelegt und gefragt, ob er Angst vor dem Tod habe. Ein wenig spöttisch. Während er in diesem Augenblick mit ihr ins Bett wollte, ein anderer werden wollte als Jakob Olsen.

Sie drückte die Tür der Lagerhalle auf und ging zum Bühnenraum. Alles war fix und fertig vorbereitet. Es war niemand da. Sie setzte sich in die erste Reihe, zog den Brief hervor und las im Licht der hoch aufgehängten Spots den Schluß von Jakob Olsens Brief: *Ich sehne mich nach Deinen Gesten, Deiner Stimme, Deinen Händen, die mich schon jetzt von Zeit zu Zeit in meinen Träumen streicheln ... Dein unschlüssiger Beobachter ... Dein Dich innig liebender Jakob*

Nein, kein Name: seine Unterschrift.

Einer der Lautsprecher vor der Bühne knackte. Sie erschrak und steckte den Brief weg.

»Hab ich dich wieder erwischt«, sagte Nick Morello, während er den Saal betrat. »Ein Brief von deinem Liebhaber? Hör mal, da kommt's.«

Er setzte sich neben sie. Aus dem Lautsprecher ertönte das Rauschen eines Bandes und dann die ersten Klavierakkorde einer sich zögernd vortastenden Melodie. Was heißt Melodie, es hörte sich eher so an, als werde hier eine Melodie langsam aufgedröselt, bis zum Schluß nur noch ein Ton übrigblieb, der immer leiser wiederholt wurde und dann in der Luft hängenblieb und sich in Stille auflöste. Das Band rauschte weiter.

»Wie findest du es?« fragte Nick und legte ihr den Arm um die Schultern.

»Weißt du's noch nicht?« sagte sie. »Olsen ist tot. Von einem Eskimo ermordet.«

Er zog den Arm zurück und stand auf. Er ging vor der Bühne auf und ab in seiner schwarzen Hose und dem roten Polohemd. »Wirklich?«

Lina zog den Brief hervor. »Diesen Brief habe ich in seinem Zimmer gefunden.«

Nick nahm den Brief, faltete ihn auseinander und las, während er vor der Bühne hin und her lief. Sie sah auf seinen kleinen schlanken Körper, sein besorgtes Gesicht, während er las.

»Mein Gott«, sagte er, als er den Brief gelesen hatte. »Was machst du jetzt damit?« Er steckte den Brief in den Umschlag und gab ihn ihr zurück.

»Ja«, sagte sie leise. »Was mache ich jetzt damit?«

Sie stand auf und ging über die kleine Seitentreppe auf die Bühne. Auf dem Holztisch stand ein Aschenbecher. Sie nahm die Streichholzschachtel, die dort für die Vorstellung bereitlag, und zündete die erste Seite an einer Ecke an.

Nick Morello saß in der ersten Reihe. Er stützte das Gesicht in die Hände und sah auf das sich krümmende, brennende Briefpapier, auf dem die Buchstaben erst dunkler zu werden schienen, bevor sie verschwanden.

»Ich fand die Musik schön«, sagte sie, die Augen auf das brennende Blatt Papier gerichtet. »Sehr schön, aber zu traurig.«

»Für heute«, sagte er.

»Für heute, ja«, sagte sie und zündete den Umschlag an. »Ich will hier weg«, sagte sie. »Ich bin mir jetzt sicher.«

»Ich auch«, sagte er.

Sie schauten zu, wie die letzten Papierreste sich krümmend nachschwelten; sie auf der Bühne, er davor. Der Rauch stieg im Schein der Spots in einer kerzengeraden Säule zum Hallenfirst. Der Aschenbecher war jetzt bis über den Rand mit schwarz versengten Papierstücken gefüllt.

Sie ging nach vorn und ließ sich von Nick von der Bühne herunterheben. Schweigend gingen sie nebeneinander zum Ausgang.

»Aber die Vorstellung«, sagte er, als sie beide blinzelnd im Freien standen.

»Meine Arbeit ist getan«, sagte Lina. »Sie kommen jetzt ohne mich aus. Natürlich findet die Vorstellung statt. Komm!«

Sie griff nach seiner Hand.

Zum erstenmal in diesem Monat zog sie die Gardinen zu. Sie kleideten sich aus und paarten sich, kurz, schnell und heftig, als hinge ihr Leben davon ab.

Danach kroch sie still zu ihm, unter der Decke jetzt, eine Hand auf seinem Bauch. Sie legte die Wange an seine Brust und hörte sein Herz schlagen.

»Mußt du heute abend nicht spielen?«

»Ich geh nicht hin«, sagte er.

Sie stieg aus dem Bett und sperrte die Tür zu.

»Du bist schön«, sagte er mit unter dem Kopf verschränkten Händen.

»Ja, ich kann mich noch sehen lassen«, sagte sie. »Los, rück mal. Egal, wer kommt, wir machen nicht auf.«

Die Premiere von *Der Partner* wurde ein großer Erfolg. Dem *Nachrichtenblatt von Jakobshavn und Umgebung* von Mittwoch, dem 9. Juli, zufolge spielte Kjell Henning die »Rolle seines Lebens« vor einem überfüllten Saal begeisterter Zuschauer. Der Schluß wurde von dem anonymen Berichterstatter als »äußerst überraschend« bezeichnet. Auch Lina Krogs Regie wurde wegen der nüchternen Inszenierung gelobt.

Auf der Titelseite stand ein ausführlicher Bericht über den Mord an Jakob Olsen. »Die Leiche wurde sofort per Hubschrauber nach Sødre Strømfjord überführt und von dort mit einer Linienmaschine nach Kopenhagen. Der Mörder wurde am 7. Juli zusammen mit seinem Vater nach Godthåb gebracht, wo man beide unter Anklage stellen wird.«

Gut sechs Wochen später wurde der Prozeß gegen Umanatsiaq eröffnet. Dieses Mal war keiner der ehemaligen Bewohner von Eqe im Gerichtssaal anwesend. Umanatsiaq wurde wegen vorsätzlichen Mordes zu sieben Jahren verurteilt. Sein Vater, der sich als stocktaub erwies, wurde mangels Beweisen freigesprochen.

Jakob Olsens Notizen wurden im Justizministerium in Kopenhagen in einen Ordner gesteckt und abgelegt. Im Ministerium betrachtete man den Fall Eira als abgeschlossen.

Nick Morello befand sich irgendwo in New York. Lina Krog unterrichtete an einer Volksschule in Kopenhagen. Zu ihrer Erleichterung war sie nicht schwanger. Inge Olsen wohnt drei Straßen von ihr entfernt in einem Viertel mit altmodischen Häusern und vornehm rauschenden Linden.

Carel ter Haar

Die Menschen, die John Eira sind
oder
Bernlefs Wirklichkeiten

Ein 1962 entstandenes und in der von J. Bernlef mit herausgegebenen Zeitschrift *Barbarber* erschienenes Gedicht hat als Überschrift »Tür« und besteht aus zwei untereinander stehenden Wörter:

»Drücken
Ziehen«

Was beim ersten Blick nur Spielerei zu sein scheint, zeigt sich im Werkzusammenhang bei näherer Betrachtung, gerade in dieser reduzierten Form, als charakteristisch für die Art und Weise, wie J. Bernlef schreibt.

Die Kargheit seiner Sprache hängt damit zusammen, daß dieser Autor Dinge oder Ereignisse in ihrem Vorhandensein benennt und auf ihre Funktionen oder ihren Verlauf hinweist. Wie sich das vollzieht oder welche Faktoren dabei eine Rolle spielen, wird höchstens angedeutet oder vom Handlungsverlauf suggeriert. Folgerungen werden weitgehend dem Leser, dessen Phantasie allerdings durch das Dargestellte Grenzen gesetzt sind, überlassen. 1981 bezeichnet Bernlef in einem Interview zum Erscheinen des vorliegenden Romans den Schweden Per Olof Sundman (geboren 1922) und den Niederländer A. Alberts (geboren 1911) als Autoren, mit denen er sich verwandt fühlt. Bernlefs Beschreibung von Alberts' erzählerischem Verfahren kann als Äußerung über das eigene Werk verstanden werden: »Man könnte sagen: Die wirkliche Geschichte gibt es schon (aber sie kann nicht erzählt werden), und was Alberts macht, ist, eine andere Geschichte zu erzählen, die für den verstehenden Rezipienten auf die wirkliche Geschichte verweist. Manchmal schimmert die versteckte Geschichte durch die erzählte hindurch.«

Hendrik Jan Marsman, so lautet Bernlefs eigentlicher Name, wurd 1937 in Sint Pancras, einem Dorf nördlich von Alkmaar, in den Niederlanden geboren und wuchs mit einigen Unterbrechungen in Amsterdam auf, wo er jetzt noch lebt. Abitur 1955, anschließend Arbeit in einer Buchhandlung. Von 1956 bis 1958 Militärdienst. In dieser Zeit wurden erste Gedichte in Zeitschriften veröffentlicht. Als ein Rezensent, Hans van Straten, Parallelen feststellte zwischen diesen Gedichten und dem Werk des 1899 geborenen, vor allem als Lyriker bekannten Hendrik Jan Marsman, der 1940 auf der Flucht nach England umgekommen und in der Nachkriegszeit Gegenstand nationaler Verehrung geworden war, entschied er sich für das Pseudonym Bernlef, einen legendären friesischen Dichter, der 809 gestorben und von dem kein Werk überliefert ist. Das ›J‹ bezieht sich auf den zweiten Vornamen.

In die Jahre 1958 und 1959 fallen längere Aufenthalte in Schweden, wo er als Gelegenheitsarbeiter seinen Lebensunterhalt verdiente. Von 1960 bis 1964 arbeitete Bernlef bei einer Buchimportfirma und seitdem als freier Schriftsteller und Übersetzer aus dem Schwedischen.

Bernlef gehörte zu den Mitbegründern der ›Zeitschrift für Texte‹ *Barbarber*, die von 1958 bis 1971 erschienen ist und auf die niederländische journalistische Prosa nachhaltigen Einfluß ausübte. Obwohl schon vom Titel her Beziehungen zur DADA-Bewegung naheliegen, vertrat und praktizierte das Blatt in Anlehnung an die Ready-made-Technik der bildenden Künste einen Standpunkt, der jeden Text zu Literatur erklären wollte. Es handelte sich um eine für die niederländische Nachkriegsliteratur charakteristische Horizontalisierung des poetischen Blickwinkels, die sich um 1950 durchgesetzt hatte und gegen Ende des Jahrzehnts durch diese Bewegung neue Impulse bekam. An die Stelle einer emotionalen Erfassung der Wirklichkeit trat das Bestreben nach einer anonymen und objektiven Betrachtung der Wirklichkeit oder, anders formuliert: an die Stelle des Malens war das Photographieren getreten. 1977 trat Bernlef der Redaktion der Zeitschrift für Literatur *Raster* bei. Die Mitarbeit leitete auch eine neue Phase in seinem Werk ein. Unter Beibehaltung der bisherigen Positionen rücken Form und Komposition stärker in den Vordergrund.

Bernlef debütierte 1960 mit dem Gedichtband *Kokkels* [=Herzmuscheln], im selben Jahr noch wurde der Erzählungsband *Stenen spoelen* [Steine waschen] veröffentlicht. Sein Romandebüt erfolgte 1966 mit *Paspoort in duplo* [Paß in duplo].

Seit seinem Debüt hat Bernlef ein umfassendes literarisches Œuvre geschaffen, das bei weitem noch nicht abgeschlossen ist. Außerdem hat er sich als Dramatiker, Essayist, Rezensent und Jazzkenner hervorgetan.

1984 wurde er für sein Gesamtwerk mit dem angesehenen Constantijn-Huygens-Preis ausgezeichnet.

Sein Durchbruch als Romanautor erfolgte relativ spät. Obwohl von der literarischen Kritik gelobt, wurde erst der 1984 erschienene, ebenfalls preisgekrönte Roman über den geistigen Verfall eines alten Mannes *Hersenschimmen* [deutsch 1986, Hirngespinste] zu einem wirklichen Publikumserfolg. Auch sein 1987 erschienener, durch das Leben des ungarischen Schriftstellers Tibor Deri inspirierter Roman *Publiek geheim* [Öffentliches Geheimnis], in dem er sich mit der Situation des unterdrückten Künstlers im autoritären Regime auseinandersetzt, fand große Beachtung.

Ebenfalls 1987 erschien der Band *Drie eilanden* [Drei Inseln], in dem drei Romane, *Sneeuw* [Schnee] aus dem Jahre

1973, *Meeuwen* [Möwen] von 1975 und *Onder ijsbergen* [Zwischen Eisbergen] aus dem Jahre 1981 gesammelt wurden. Die drei Romane spielen jeweils auf Inseln. So kurz wie die Titel, so karg die winterliche Landschaft. Hinter jedem Titel verbirgt sich jeweils ein ›Fall‹. In *Sneeuw* ist es der alternde Witwer, der über den Tod seiner Frau grübelt und der, indem er den dafür verantwortlichen Autounfall zu rekonstruieren versucht, selber zum Opfer wird. In *Meeuwen* wird der Hauptperson Arend Wijtman von seinem Arzt mitgeteilt, er habe Kehlkopfkrebs und eine Operation sei innerhalb kürzester Frist notwendig. Er zieht sich für einige Tage auf die Insel zurück, lenkt durch sein sonderbares Verhalten den Verdacht auf sich, mit dem Verschwinden eines Mädchens im Zusammenhang zu stehen, füllt sich die Manteltaschen mit Steinen und ertränkt sich. In *Zwischen Eisbergen* schließlich ist es der Richter Jakob Olsen, der seine Beobachterfunktion mit dem Leben bezahlen muß.

Der Kern dieser Geschichte geht auf das Jahr 1975 zurück, als ein schwedischer Freund Bernlef von den unterschiedlichen Rechtsauffassungen erzählte, die in Grönland zusammenstoßen. Nachdem ein Eskimo verhaftet worden war, war das ganze Dorf im Rechtssaal erschienen, was die Dänen ziemlich ratlos gemacht habe.

Hinzu treten umfangreiche Vorarbeiten und eine geographische Dokumentation, die suggerieren, daß der Autor die Insel aus eigener Anschauung kennt, was freilich nicht der Fall ist. Land und Leute werden übrigens mit den Blicken des Observierenden gesehen, denn auch für Olsen ist die Insel neu. Bernlef erklärt selber, er bevorzuge den Beobachter, weil er ihm die Möglichkeit gebe, einen Dokumentarstil zu verwenden, der allerdings einem ganz anderen Zweck als dem üblichen diene: »Meiner Auffassung nach sieht ein Mensch, wie immer er sich auch als Beobachter einrichtet, unweigerlich nur einen Teil ... Der Dokumentarstil ist notwendig, um die Wirklichkeitsillusion zu steigern. Ich verwende sie aber, um zu zeigen, daß die Wirklichkeit nur in Interpretationen verfügbar ist.«

Die Nebenhandlungen und die sie tragenden Figuren bestätigen diese Äußerung. Sie gilt für den etablierten Olsen, der lange unter dem Druck seines gerade gestorbenen, extrem formalistischen Vaters gestanden hat und sich nach einem geordneten Leben plötzlich, wie er schreibt, in der ihm völlig unbekannten Lina Krog »verlieren« wollte, ebenso wie für die Lehrerin selber, die in ihrem Verhältnis zum gescheiterten Jazzmusiker Nick Morello vorübergehend die Beziehung zum verschollenen Freund Jim in die Realität zurückzurufen versucht. Auch das Theaterstück, an sich schon eine eigene Wirklichkeit, tangiert aufgrund seines Inhalts diese Problematik. Den Außenstehenden bleiben diese Fragwürdigkeiten allerdings verborgen. Olsens Frau wird die Überlegungen ihres Mannes nie erfahren, denn der Brief wird verbrannt. Ebensowenig weiß die Außenwelt um die Gedanken und Träume von Lina Krog oder Nick Morello. Allen gemeinsam ist, daß ihr Handeln und Denken von einem linearen Zeitverständnis, das sich in bestimmten Zielvorstellungen äußert, geprägt wird, und dessen Ausschließlichkeit, wie sie im Roman erscheint, man als fraglich betrachten kann. Das Ganze ist von einer gewissen Beliebigkeit ohne wirkliche Stringenz.

Anders ist es bei der autochthonen Bevölkerung. Hier zeigt sich Bernlef angeregt durch Octavio Paz, dessen 1974 erschienene Abhandlung *Los hijos del limo – del romanticismo a la vanguardia* [Die Kinder des Schlamms. Von der Romantik zur Avantgarde] 1976 in einer nierderländischen Übersetzung erschienen ist und die er in seinem Aufsatz *Analogie und Ironie. Über Octavio Paz* ausführlich erwähnt. Bernlef betont und bejaht die Bedeutung der zyklischen Geschichtsauffassung der primitiven beziehungsweise nichtchristlichen Kulturen, die eine ständige Präsenz der Vergangenheit und deren Übertragung in die Gegenwart zur Folge hat. Sie prägt auch die Ansichten der Eskimos, die den Mord des John Eira an der angeblich von einem bösen Geist besessenen Großmutter nicht als Mord, sondern als Befreiung deuten. Nach ihrem Tode wird sie in einem neugeborenen Kinde ihre Wiederkehr feiern. Dies ist die eigentliche Sicherheit der Autochthonen. Auch wenn sie sich von der westlichen Konsumgesellschaft vereinnahmen lassen, Kühlschränke haben, Bier aus Dosen trinken, im Supermarkt einkaufen oder sich sonstigen zivilisatorischen Errungenschaften unterwerfen müssen, bleibt ihnen diese Abgrenzungsmöglichkeit. Für sie bildet Jakob Olsen einerseits eine Gefahr, denn in seinem Bemühen, ein wirklich objektiver Beobachter zu sein, wird er in ihren einzigen erhaltenen Freiraum eindringen und ihn damit gefährden, andererseits ist er wohl der erste, der eine Ahnung von den wirklichen Verhältnissen hat, indem er darauf besteht, die Insel zu besuchen.

Die Tötung Olsens ist Initiation und Hinrichtung zugleich, womit Bernlef die Ambivalenz zwischen westlichem Fortschritt und autochthoner, einheimischer Kultur auf exemplarische Weise deutlich macht.

edition suhrkamp
Eine Auswahl

316/1/6.90

edition suhrkamp
Eine Auswahl

Braun, V.: Verheerende Folgen mangelnden Anscheins innerbetrieblicher Demokratie. es 1473
Brecht: Der aufhaltsame Aufstieg des Arturo Ui. es 144
– Aufstieg und Fall der Stadt Mahagonny. es 21
– Ausgewählte Gedichte. es 86
– Baal. es 170
– Buckower Elegien. es 1397
– Die Dreigroschenoper. es 229
– Furcht und Elend des Dritten Reiches. es 392
– Gesammelte Gedichte. Bd. 1-4. es 835-838
– Die Geschäfte des Herrn Julius Caesar. es 332
– Die Gesichte der Simone Machard. es 369
– Die Gewehre der Frau Carrar. es 219
– Der gute Mensch von Sezuan. es 73
– Die heilige Johanna der Schlachthöfe. es 113
– Herr Puntila und sein Knecht Matti. es 105
– Im Dickicht der Städte. es 246
– Der kaukasische Kreidekreis. es 31
– Leben des Galilei. es 1
– Leben Eduards des Zweiten von England. es 245
– Mann ist Mann. es 259
– Die Mutter. es 200
– Mutter Courage und ihre Kinder. es 49
– Der Ozeanflug. Die Horatier und die Kuratier. Die Maßnahme. es 222
– Prosa. Bd. 1-4. es 182-185
– Schweyk im zweiten Weltkrieg. es 132
– Die Tage der Commune. es 169
– Trommeln in der Nacht. es 490
– Der Tui-Roman. es 603
– Über den Beruf des Schauspielers. es 384
– Über Lyrik. es 70
– Über Politik auf dem Theater. es 465
– Über Politik und Kunst. es 442
– Über Realismus. es 485
– Das Verhör des Lukullus. es 740
Brunkhorst: Der Intellektuelle im Land der Mandarine. es 1403
Bubner: Ästhetische Erfahrung. es 1564
Buch: Der Herbst des großen Kommunikators. es 1344
– Waldspaziergang. es 1412
Bürger, P.: Theorie der Avantgarde. es 727
Celan: Ausgewählte Gedichte. Zwei Reden. es 262
Cortázar: Letzte Runde. es 1140
– Das Observatorium. es 1527
– Reise um den Tag in 80 Welten. es 1045
Denken, das an der Zeit ist. es 1406
Derrida: Die Stimme und das Phänomen. es 945
Determinanten der westdeutschen Restauration 1945-1949. es 575
Dinescu: Exil im Pfefferkorn. es 1589
Ditlevsen: Sucht. es 1009

316/2/6.90

316/4/6.90

316/5/6.90

edition suhrkamp
Eine Auswahl

Mitscherlich: Krankheit als Konflikt. es 237
– Die Unwirtlichkeit unserer Städte. es 123
Mitterauer: Sozialgeschichte der Jugend. NHB. es 1278
Möller: Vernunft und Kritik. NHB. es 1269
Moser: Eine fast normale Familie. es 1223
– Der Psychoanalytiker als sprechende Attrappe. es 1404
– Romane als Krankengeschichten. es 1304
Muschg: Literatur als Therapie? es 1065
Mythos ohne Illusion. es 1220
Mythos und Moderne. es 1144
Nakane: Die Struktur der japanischen Gesellschaft. es 1204
Die neue Friedensbewegung. es 1143
Ngũgĩwa Thiong'o: Der gekreuzigte Teufel. es 1199
Nizon: Am Schreiben gehen. es 1328
Oehler: Pariser Bilder I (1830-1848). es 725
– Ein Höllensturz der Alten Welt. es 1422
Oppenheim: Husch, husch, der schönste Vokal entleert sich. es 1232
Paetzke: Andersdenkende in Ungarn. es 1379
Paley: Ungeheure Veränderungen in letzter Minute. es 1208
Paz: Der menschenfreundliche Menschenfresser. es 1064
– Suche nach einer Mitte. es 1008
– Zwiesprache. es 1290
Petri: Schöner und unerbittlicher Mummenschanz. es 1528
Politik der Armut und Die Spaltung des Sozialstaats. es 1233
Populismus und Aufklärung. es 1376
Powell: Edisto. es 1332
– Eine Frau mit Namen Drown. es 1516
Psychoanalyse der weiblichen Sexualität. es 697
Pusch: Alle Menschen werden Schwestern. es 1565
– Das Deutsche als Männersprache. es 1217
Raimbault: Kinder sprechen vom Tod. es 993
Ribeiro, D.: Unterentwicklung, Kultur und Zivilisation. es 1018
– Wildes Utopia. es 1354
Ribeiro, J. U.: Sargento Getúlio. es 1183
Rodinson: Die Araber. es 1051
Roth: Die einzige Geschichte. es 1368
– Das Ganze ein Stück. es 1399
– Krötenbrunnen. es 1319
Rubinstein: Nichts zu verlieren und dennoch Angst. es 1022
– Sterben kann man immer noch. es 1433
Rühmkorf: agar agar – zaurzaurim. es 1307
Russell: Probleme der Philosophie. es 207
– Wege zur Freiheit. es 447
Schedlinski: die rationen des ja und des nein. es 1606
Schindel: Geier sind pünktliche Tiere. es 1429
– Im Herzen die Krätze. es 1511

316/6/6.90

edition suhrkamp
Eine Auswahl

316/7/6.90

316/8/6.90